中国式现代化离不开产业工人的现代化

"大国工匠人物传"丛书

成卫东

给机器人当『师父』

常英华◎著

中国工人出版社

图书在版编目（CIP）数据

成卫东：给机器人当“师父”/常英华著.
北京：中国工人出版社，2025.9.--ISBN 978-7-5008-8585-6

Ⅰ.125

中国国家版本馆CIP数据核字第20254C3R04号

成卫东：给机器人当“师父”

出版人　董　宽
责任编辑　陈培城
责任校对　张　彦
责任印制　黄　丽
出版发行　中国工人出版社
地　址　北京市东城区鼓楼外大街45号　邮编：100120
网　址　http://www.wp-china.com
电　话　（010）62005043（总编室）
（010）62005039（印制管理中心）
（010）62379038（社科文艺分社）
发行热线　（010）82029051　62383056
经　销　各地书店
印　刷　宝蕾元仁浩（天津）印刷有限公司
开　本　880毫米×1230毫米　1/32
印　张　6.5
字　数　109千字
版　次　2025年9月第1版　2025年9月第1次印刷
定　价　49.00元

国之大者，工匠先行

——“大国工匠人物传”丛书总序

在中华全国总工会成立100周年之际，全国总工会宣传教育部、中国报告文学学会、中国工人出版社联合开展了“文艺工作者走基层”活动，推出“大国工匠人物传”丛书，向全国总工会献礼，向广大劳动者致敬！

“知者创物，巧者述之守之，世谓之工。百工之事，皆圣人之作也。”这是中国所见年代最早的关于手工业技术文献《考工记》中对工匠的记载。“工”之责在于造物，“匠”者为能工鼎识者也。

幼时，老家云南昆明大板桥的老街上，从南头到北头，都是大大小小的手艺人，木匠、石匠、焗匠、骟匠、竹篾匠、鞋匠、箍桶匠……空气中飘荡着木匠的刨花香和石匠敲打出来的粉尘，充满着焗匠手中皮带的“吱扭扭”声、骟匠刀下小猪猡的闷哼、箍桶匠皮锤不轻不重的敲击声。老街上的竹篾匠是我的一个表姨夫，他来自四川，有着一手出神入化的编造竹篾手艺。粗壮的毛竹是表姨夫手中的“百万雄兵”，在一把锋利无比的刀的指挥下，被劈成厚薄、粗细不一的篾。表姨夫的本领仅次于撒豆成兵的天神，他能化篾成物，一般家里能见到、用到的器物，他都能用竹篾编出来。母亲曾命我在老街上买一个暖水瓶的内胆，然后去表姨夫的摊位上，坐等他为暖水瓶胆编制一件竹制的外壳。那个暖水瓶至今还在我家老屋的一个角落里。竹篾壳早已被岁月包了浆，虽然久不使用，却依然油润、红亮。这便是我幼时对匠人的记忆。

五千多年的中华历史长河中，涌现出了无数能工巧匠，他们或如明月光照，或如星河璀璨。一代代薪火相传的工匠精神，不仅成就了那些流芳百世的绝世建筑与器物，更是烛照我们通向文明现代化进程的精神之光，是我们文化的自信心、民族的根与魂。

从“嫦娥”探月到“祝融”探火，从“北斗”组网到“蛟龙”深潜，从港珠澳大桥横跨三地到大兴国际机场凤凰腾飞……这些挺起中华民族脊梁的大国重器、世纪工程背后，无不凝聚着万千工匠的心血和汗水，映照着工匠们孜孜以求、拼搏奋进的身影。

本套丛书收录的是全国总工会历年评选出的大国工匠

的人物传记。他们当中有焊接高铁的“工人院士”李万君、打破国外高端设备维修垄断的王树军、让中国锻件立于世界之巅的刘伯鸣、“人刀合一”的顶级钳工李凯军、在高空“穿针引线”的竺士杰、油田旦的创新能手刘丽、了不起的“钢铁裁缝”艾爱国、数控机床上的“雕刻师”孟维、让三星堆文物“活”起来的郭汉中……他们有的是传统加工业的锻造者，为了突破技术瓶颈精益求精；有的是新兴制造业的探路者，为了实现精密制造巧思妙想；有的是军工行业的铸剑者，为了打造国之重器默默坚守；有的是民间手工艺的守护者，为了传承非遗文化精雕细琢……他们奋战在国防军工、装备制造、传统工艺等行业的第一线，以久久为功的钻研和创新，造就了一个个传奇。

这些杰出的工匠，尽管行业不同、岗位不一，成长经历各异，但他们都有着爱党爱国、敬业奉献、创新争先的优秀品质。他们耐得住清贫与寂寞，用灵巧的双手和精湛的技艺，数十年如一日地在平凡的岗位上雕琢自己心中的梦想，以实际行动诠释着“执着专注、精益求精、一丝不苟、追求卓越”的工匠精神。“天下大事，必作于细。”工匠精神既是中华民族技艺世代传承的价值理念，又是中国开启新征程，从制造业大国迈向制造业强国的时代需要。

“大国工匠是我们中华民族大厦的基石、栋梁。”2024年3月5日，习近平总书记参加十四届全国人大二次会议江苏代表团审议时强调“树立工匠精神”，指出“没有金刚钻，揽不了瓷器活”，要“把第一线的大国工匠一批一批培养出来”。党的十八大以来，习近平总书记对建设高素质劳动大军高度重视，强调“当代工人不仅要有力量，还要有智慧、有技术，能发明、会创新，以实际行动奏响时代主旋律”，深刻阐述工匠精神“执着专注、精益求精、一丝不苟、追求卓越”的内涵要义，号召全社会弘扬工匠精神，“为全面建设社会主义现代化国家、实现中华民族伟大复兴的中国梦提供有力人才和技能支撑”。

“匠心聚，百业兴。”无论是传统产业，还是新兴产业、未来产业，大国工匠在发展新质生产力的历史进程中不可或缺。随着经济发展方式转型和产业结构升级，中国要实现由制造大国向制造强国的转变，实现由中国制造向中国创造的跨越，离不开广大劳动者的创新和创造，更离不开对工匠精神的继承和发扬，于是呼唤更多大国工匠成为时代强音。

文艺是时代进步的号角，最能代表一个时代的风貌，最能引领一个时代的风气。中国报告文学学会、中国工人出版社联袂推出“大国工匠人物传”丛书，以图书的形式为大国工匠树碑立传，让他们的故事和精神具有更广泛的交流传播价值和长久的史料价值。本套丛书的写作者奔赴大国工匠生活的城市，深入大国工匠工作的厂区、车间、工作室，获取了全面细致的第一手材料，最终将大国工匠的成长、成才故事呈现在读者面前。

“大国工匠人物传”丛书讲述的是个人奋斗史，也描绘出大国工匠的群体形象。可以说，这套丛书是目前国内系统研究众多大国工匠人生轨迹的权威读本，既有对每位大国工匠的整体介绍和事迹梳理，又有具体的事件、案例，全面、生动地展示了大国工匠各个人生时期的工作和生活状态。

新时代是奋斗者的时代，中国式现代化建设新征程这一宏伟事业为广大工匠技能人才成就梦想提供了广阔舞台。每位劳动者都是主角，都可以成为工匠精神的践行者。大国工匠是新时代的最美奋斗者，更是和平年代当之无愧的英雄。

国之大者，工匠先行，向着中华民族伟大复兴的目标砥砺奋进，行稳致远。

是以为序。

目　录

第一章 湛蓝色的梦想

天津依河而起，因海而兴，被誉为“九河下梢”和“三会海口”之城。沿着海河入海口逆流而上的73公里之处，便可瞭望著名的三岔河口，那六百余年南北漕运之路便起始于斯，其作为天津最具标志性的经济命脉，牵引着我国近代工业的发展和北方最大工商业城市的形成。海河之水哺育了一代又一代印刻时代烙印的产业工人，开启了一座老工业城市的历史蝶变。百年间，风起渤海之滨，潮涌海河两岸。近代工业的发展为天津融入了特有的风骨和记忆，打造了产业工人独特的匠心品质——那是一种精卫填海般的执着精神、一种开放包容的睿智胸怀，更是一种精益求精、干事创业的奋斗担当……

在采访天津港第一港埠有限公司拖头队副队长成卫东之前，笔者早已听闻他是全国新时代产业工人的典型代表，是给机器人当“师父”的人。成卫东从一名普通的拖车司机干到闪闪发光的“大国工匠年度人物”，用传承与创新为“工”字做着最虔诚的注解——技艺精湛，行业领先；名师带徒，硕果累累；科技创新，降本增效；追求卓越，勇攀高峰。曾荣获“全国劳动模范”“全国技术能手”“大国工匠年度人物”“全国交通运输系统劳动模范”“感动交通年度人物”“全国最美青工”“全国青年岗位能手”“天津市劳动模范”“天津市优秀共产党员”“天津市首届海河工匠”“天津市第三届敬业奉献道德模范”等称号，享受国务院政府特殊津贴。他充分发挥了一名大国工匠在精神弘扬、技术传承、创新攻关、人才培养等方面的优势和特长。

走进天津港全球首个“智慧零碳”码头，映入眼帘的是色彩斑斓的自动化岸桥与高高耸立的场桥，忙碌的人工智能运输机器人穿梭其间，伴随着海岸线上此起彼伏的涛浪和一只只奋力搏击的鸥鸟。成卫东兴奋地指向鸥鸟说道："你看它们多么勇敢，我给它们起了个深有寓意的名字叫'精卫'，象征着果敢与执着。它们每每飞过这座被5G技术、北斗导航和人工智能等创新科技加持的全流程自动化作业码头，我的心就像种下了一颗湛蓝色的种子，颜色越来越深。所以，我与天津众多产业工人的梦想都是深蓝色的。"

"您真是一位情感深沉、想象力丰富的匠人，那您心中

成卫东认真研究工艺改进方案

的第一颗湛蓝色种子是何时萌生的呢？”笔者问道。

成卫东陷入了深深的思索：“应该是从我出生时起吧……”沿着他娓娓道来的奋进故事，笔者看到了千千万万个成卫东在万里航行的大海中，以一颗匠心为帆，激起一朵朵浪花奔流入海，撞击着人工智能时代的不落潮流。

1979年7月出生的成卫东，是地地道道的天津港子弟，他一出生，就跟上了从经济体制改革到全面深化改革的时代节拍。那个时候的天津港，港口拉动城市发展的效应逐年增强，港口生产建设一年一个台阶。自打记事儿起，成卫东经常看到的就是作为一名码头装卸工人的父亲，在耗费体力的搬运装卸作业过后，回到家中依然露出神采奕奕的笑容。

成卫东的家距离港区码头很近，他每天都能看到一辆辆大货车、一列列火车飞驰而过，看到父亲兴高采烈地奔赴工作岗位。在成卫东的记忆里，父亲及其工友工作的条件非常艰苦，他们把货物装上拖车，再运到船上，然后一个个把货物装码整齐，虽然有机器设备，但大部分都是力气活儿。父亲是党员，当过兵，在部队上还立过二等功，自然对自己的要求更高一些，他绝不允许自己在工作上存在失误，只要一上工，就会紧锁眉头，神情高度专注。

成卫东不明白——为什么每天一身臭汗回到家的父亲，抿一口小酒后，就能一扫疲惫，哼出愉快的歌谣呢？每到这时，他就挥舞着小手给父亲捏捏肩、捶捶背："爸爸，累不累？"父亲就开心地用胡子茬扎着他的小脸："好孩子，爸爸不累，开心着哩。"说着说着，父亲的眼睛就会瞄向自己那套新工装。他虽然文化程度不高，但深深地明白，"企"字由"人""止"两个字组合而成，成语中素有"企足而待、延颈企踵"等寓意。成卫东的父亲爱企如家，将

成卫东两岁时的照片

工作视为一场人生的修行，天津港的每一步发展走向，都关系着他和众多工友的命运。

由于那时天津港没有统一的工装，父亲干活的衣服总是补了又补，终于发了一套正儿八经的工装，他却不舍得穿，整天摆在家里看，每看一次，就觉得港口的日子越来越好，心情就会更好。于是，那套新工装变成了父亲的憧憬，一直摆放到成卫东成家时才传给儿子保管。

有一天，父亲突然话多了起来，郑重地向成卫东和哥哥谈起天津港：“我们天津港就是中国集装箱运输事业发展的摇篮，自全国第一家港口集装箱公司与第一个专用集装箱码头先后在天津港成立和建成投产后，集装箱装卸桥那真是越来越先进了，企业不断开疆拓土，带领咱们工人进入新发展阶段，日子越过越红火，爸爸是打心里面舒坦啊！你们知道吗？开港初期，我们没有大型的机械和先进的工具，硬是靠着‘手拉肩扛’推动港口的发展……”母亲打断父亲的话，努努嘴笑道：“你瞧你，孩子能懂啥？说这些他们又听不懂。”

“怎么听不懂，他们将来可是要接我班儿的，亲眼见证天津港的发展壮大，对不对？”成卫东不假思索地响亮回答：“对！”这逗得父母哈哈笑。挂在父亲脸上的笑容更加灿烂了……

成卫东（左一）和哥哥的合影

那一年，成卫东7岁。在他心中，天津港是带着精神的，能够让父辈们面对如此繁重而枯燥的工作，而无限憧憬未来。年幼的他励志要做一名“天津港人”。从那时起，成卫东开始有意识地观察天津港，尤其喜欢晚上跟小朋友一起爬上自家房顶，隔着护栏看装卸工人作业的场景。他看不清哪一个是父亲，但是看到那些工人穿着颜色并不统一的背心工作，即使冬天也穿着，灯光打在身上，每个人都冒着一样的白烟儿，不知道是热气还是凉气，成卫东就会很心痛：父亲多么辛苦啊！

父亲只要有机会，就带着成卫东到港口的沿岸观看由北疆港区到南疆港区那天海一线的景象。每次走近海岸线，成卫东都会感到震撼，会觉得自己是一只鸥鸟，连接着湛蓝的天空和渤海。于是，他突发奇想对父亲说：“‘工’人的‘工’字，写在‘人’字的上面，组成了一个‘天’，我们的天津港是通往‘天下’的港吗？”一句话将父亲问住了，父亲是一位想法不多，勤劳质朴，甚至有些木讷的港口工人，虽然一心盼着企业好，可是要让自己工作生活了半辈子的港口成为通往“天下”的港，那是他闻所未闻的。父亲诧异地看着成卫东：“武侠剧看多了？我们工人就是踏踏实实做人、干活儿，不整那些不着边际的。”可转念一想，又觉得儿子说得有道理啊，港城互动的蓬勃发展，实现了天津经济发展重心的战略东移，为天津城市发展的目标定位奠定了基础。老一辈天津港人做不到的事情，新一代港口人很快会实现，天津港可不就是通往天下的港吗？于是父亲就拍了拍成卫东的小脑瓜：“儿子，有梦想是好的，但是你一定要记住了，‘工’是干出来的，不是想出来的……”

“知道了，爸爸。我的梦想就是让工人干活不那么累，还能把港口建设得更好。”

“哎哟，儿子志向大，那可是机器人的时代啊，很遥远呢，不过爸爸就在这里等着你去实现。”

“爸爸，我们一言为定。您站在这里一定能看见我的梦想是蓝色的，像天空一样。您的梦想是什么颜色的？”

“爸爸不知道，但是爸爸只要看到集装箱和蓝色的海岸线，就会有无限的动力。儿子，你要好好学习，和爸爸并肩作战好吗？”

“好！”成卫东欢快地跑在前面，父亲追逐着他，仿佛要将港口岸线用脚丈量一遍，把他们梦想的种子播种在这片百里港湾，静候着开花结果。

幼年时成卫东（右二）与家人合影

第二章 初入职场的迷茫

提到自己的成长经历，成卫东无比骄傲地说："我们这一代港口人，是沐浴着改革开放的春风茁壮成长起来的，我们很幸运，实现了父辈们湛蓝的梦想……"他憨笑着望向远方，又返回当下的采访中："劳动者的素质对一个国家、一个民族发展至关重要。我从小受父辈的影响，没有太多好高骛远的想法，只有脚踏实地的努力。但是，面对现实，我也经常有迷茫的时候。正是因为这些小挫折，我追逐梦想的每一步都走得很稳健。"

成卫东是一个敢想敢试、不服输的人——他所就读的天津水运技工学校班主任老师这样评价他。实际上，成卫东一直在证明给父亲看，不想让自己做父亲接班人的愿望夭折了。

当初，成卫东的中考成绩本可以上塘沽一中，但是为了父亲的愿望，也为了自己的梦想，他果断选择了天津水运技工学校。他的哥哥一再提醒："弟弟，你的学习成绩一直很好，真不打算考大学，而像父亲那样当一辈子工人吗？"而他则是坚定地说道："哥哥，我想好了，要做新一代技能型工人，把咱们天津港建设好。"

在入学的第一天，成卫东就在自己的笔记本扉页上写道："老师说，国家需要大量的高水平技术工人，在实践中学习是工人成才的重要途径。我一定要珍惜在校学习的机会，努力把知识变成技能，变成以后工作的真本领，我要让父辈们看到天津港的未来。"

成卫东认真听讲、做笔记，不放过每一次实训课程，总是最后一个走出实训室。有一回，学校组织学生到车间现场授课，成卫东因为一个不懂的问题，不停央求老师再多操作几遍，竟然忘记了这里是车间，需要恢复正常作业。对此，有的同学开始嘲笑他："再不走，老师会嫌咱们不懂规矩。”成卫东的脸一下子红到了脖子根儿，充满歉意地望着老师，豆大的汗珠儿滚落下来：“老师对不起，是我太笨了，不然您留个电话，我课下再去请教您。”老师被他憨憨的样子逗笑了：“这没什么啊，实际操作和书本上的理论是两回事，你这种刻苦实践的精神让我感动。”老师一遍遍教他，直到他理解透彻，而成卫东的脸上早已

成卫东（前排左一）在技校学习期间与同学合影

挂了花，就着汗水和油污怎么也擦不净。老师提醒他的时候，他使劲用胳膊搓，越搓越花。但他又很心细地掏出一块干净的手帕递给老师擦汗，这让老师一下子就记住了这位心细如发、善钻研、懂礼貌的好孩子。

成卫东的这一事迹很快被传开了，有喜欢他的，自然也有嫉妒他的。一名叫方学芳的女同学，小成卫东一岁，特别喜欢向成卫东请教问题，他们经常一起切磋功课，谈天说地，爱情的种子不知不觉间萌发。方学芳同学后来成了成卫东的妻子。还有一名叫军军的同学，同样是天津港子弟，他很不服气成卫东："上学学到的东西，到单位还不一定怎么样呢，成卫东就是个死脑筋，和他爸爸一个样。"成卫东听了只是微微一笑，不以为意。"和父亲一样没有什么不好啊，父亲吃苦耐劳、踏实本分、知足常乐，特别是对待工作一根筋的忘我态度和高度的责任心，不正是很多人所缺乏的吗？"想到这里，成卫东心里反而更踏实了。

因为学习刻苦，成卫东每年的成绩都名列前茅，连续拿了三年奖学金。在他的带动下，方学芳的成绩也很优秀。两个年轻人共同憧憬着毕业后投身港口建设的美好蓝图，幸福之感无以言表。方学芳鼓励成卫东道："我们也算比翼双飞了，学习能够相互促进，工作也一定能够相互促进，你一定要给我作出表率！”成卫东拍着胸脯表示：“我的实际操作和维修知识已经学得比较扎实了，将来工作是没有问题的。放心吧，我一定好好干。”

1998 年，成卫东以优异的成绩从天津水运技工学校毕业，顺利入职天津港第一港埠有限公司，主要从事杂货、散货作业。他和同校毕业的军军以及另外几名同学一道成为港口机械司机，方学芳则被分配到天津港所属另外一家公司工作。当成卫东更近距离走进天津港，望着身穿统一蓝色工装的同事们骑着自行车上下班涌动的场景，就像看到了奔流而来的大海，他感到非常壮观和欣喜，更像一下子拥有了这么多的“家人”。但是这种新鲜感很快就被现实粉碎了，除了艰苦而沉闷的学徒生活，没有人走进他的内心世界，周围的一切更像台机器，硬邦邦、冷冰冰的。

“拖车工作是多么枯燥啊，我感觉自己在学校里学的东西都白学了！”军军一面抱怨，一面痛苦地抽泣。由于初来乍到、操作不熟练，理论和实践无法有效结合，成卫东等人处处碰壁。成卫东万万没有想到，课本里学的很多东西与实际工作相差太远，这让他这个喜欢实训课程的好学生也无用武之地，为此他无比沮丧。如空气滤清器，在工厂叫“风帽子”，师父第一次让成卫东去拿“风帽子”时，

拖头司机成卫东正式上岗留影

他还差点闹了笑话，想到当初对着方学芳夸夸其谈，他真想找个地缝儿钻进去。

带成卫东学习的师父叫马国元，这个人话不多，工作严谨认真，对徒弟的要求很严格，整天紧绷着一张脸，这让大家一见到师父就感到莫名地紧张。成卫东清楚地记得，只在第一天上班时，师父和他们谈话，言语简短明了：“师父领进门，修行在个人。我的文化程度不高，不像你们都喝过墨水。但拖车是一门实打实的技术，这和喝多少墨水没有多大关系。在我这儿，那些东西都不好使，只有技术过硬才好使。”之后就很少交流过。

成卫东等人的学徒期，是从 1998 年的 9 月至次年的 4 月，中间赶上了难熬的秋老虎和寒冬天气，加之学徒的艰苦，他们对自己的选择产生了怀疑。9 月的天气依然闷热，老式拖车驾驶室里没有空调，只有一个小电扇微弱地摇摆，像学徒们的情绪一样低落。成卫东坐在车厢里，一遍一遍练习，汗水顺着裤管流下来，下班时甚至可以拧出水来，胶皮鞋也是湿漉漉的，脱下来就会发出一股股馊臭味儿。环境再苦都可以忍受，而技术一遍遍被否定，让成卫东很绝望。耳边时时传来师父严厉刺耳的教导：“人听党的话，车听人的话，学了这么久，你们连个车都控制不

刚参加工作的成卫东

好，怎么出徒？怎么为党工作？还想不想转正？吃不了苦的，都给我趁早离开……”有几个学徒实在难以忍受，有的调离了岗位，有的直接就不干了。其中就包括天津港子弟军军，他在离开时对成卫东说：“我想继续读书，工人是没有前途的。卫东，你看你哥哥也去参军了，你也早点想想别的出路吧。”

成卫东第一次感受到强烈的心理落差，他没想到初入职场当一名拖车司机居然这么困难，难到自己都要失去尊严。委屈、劳累夹杂着一种挫败感，让他感到非常无助。这些话除了和女朋友方学芳说一说，求得安慰和鞭策以外，他最想对父亲说，可又怕挨骂。但出乎成卫东意料的是，不善言谈的父亲主动找他谈话了：“儿子，你哥哥去当兵，你分配到天津港工作，算是子承父业了。爸爸为你们感到骄傲。马国元说你肯吃苦，悟性也不错，但是你脸皮太薄了，思想有包袱啊，这怎么能干好工作？工作有难度可以理解，但你长着嘴不会问啊，有手有脚有头脑，就这么认㞞啦？你爸爸就是这么过来的，不学到过硬技术何谈尊严，你要么不干，干就要干出个样来！”

成卫东被父亲的话点醒：父亲在天津港工作了一辈子，现在还在最基层的岗位劳作，没有说过一句苦，也没有说过一句退缩的话，相反，总是很知足。作为他的儿子，自己也不能太㞞了，难道父亲的希望和我的梦想就这么不堪一击吗？想到这儿，他咬紧牙关对父亲说："爸爸，您放心，我会调整好自己的心态，学最好的技术，当最好的工人，成为最好的拖车司机……"父亲欣慰地拍拍他的肩膀："儿子，你要记住了'严管是爱'，回去好好和师父学本事，争取早日上岗，爸爸还记得你小时候的梦想哩，要加油啊！"

成卫东带着父亲的鼓励，继续当学徒。他像换了一个人，不再怕师父批评，甚至在吃饭时主动找师父请教技术问题。渐渐地，他发现师父并没有那么难接触，对他的问题也总是细致又耐心地解答，再后来师父的脸上终于露出了浅浅的微笑，尽管不容易察觉，依然令敏感的成卫东十分开心，他上工更加有信心了。

一眨眼到了冬天，简陋的车厢四处漏风，因为穿着棉服不方便开车，成卫东脱下棉服搭在大腿上，上半身因此被冻得麻木，双脚也因为长时间作业，磨出了好几个水疱，旧伤未退新伤再来，真是钻心地疼。师父看在眼里疼在心里，悄悄递给成卫东几包创可贴："实在疼，就回去休息休息吧。"可是成卫东坚决不肯，他一心想把技术练成熟。师父看着眼前这个倔强坚强的小伙子，渐渐在心理上与成卫东达成了某种默契，并在成卫东身上看到了年轻时的自己。

成卫东一次次用针把水疱戳破，贴上创可贴，没过多久就会结成茧。母亲看见了忍不住掉下眼泪，他反而安慰母亲：“结成茧后，脚就不会疼了，这多好啊，您哭什么？”

成卫东（前排左三）与师父马国元（前排右二）等人合影

有一天夜班风很大，师父突然对成卫东说："我今天有些不舒服，要去睡一会儿，你自己开车吧。"那时候的拖车和现在不同，有副驾驶，因为平时有师父坐在副驾驶，成卫东心里是有底的，肯定不会出状况。师父突然不在副驾驶，他既紧张又兴奋，小心脏一直突突跳个不停。殊不知，马国元此刻就躲在不远处注视着成卫东作业，表情从凝重到逐渐放松，最后露出会心的微笑……兴奋过后的成卫东发现了师父："啊，师父，您没有走？在这儿做什么？"马国元因为暴露在成卫东面前而哧哧地傻笑，像看着自己的孩子一样凝视成卫东，语重心长地说："傻小子，你还能永远让师父跟着你啊，不出徒啦？我在车上不利于你发挥，没有独立驾驶的历练是不行的。"师父的话竟说得成卫东鼻头发酸，一股暖流涌上心头，仿佛能焐热寒冷的冬夜，驱散一个坚强小伙子内心全部的迷茫……

第二章 从毛头小子到得力干将

真金不怕火来炼，身怀技术天地宽。上学和学徒期间，成卫东积累了一定的理论知识和实践经验，到1999年4月出师后，他特别想在工作岗位上大干一番。

正式上岗后，马国元专门找成卫东谈了一次话，意思很直接，希望成卫东在工作中潜心磨炼技能，早日成为自己的得力助手。马国元在严肃的谈话结束后向成卫东交代："好好干，不要偷懒，要向你的爸爸学习，做一个踏踏实实干事儿的人。"成卫东回答道："师父，我一定好好干，您放心。您还有其他嘱咐吗？”马国元思量了片刻：“你谈恋爱了吧，不要耽误工作啊。不要以为出师就万事大吉了，技术方面有无数细节的严苛考究呢，必须要在工作中锤炼，不要太分心。”成卫东涨红了脸，暗自想道：马师父一直都在关心我，他为人善良耿直，就是不喜欢笑，让人有距离感，本来是好话，说出来总显得硬邦邦。于是，他有意打破之前的氛围，调皮地说：“谁说我要分心了，现在您就是拿着棍子撵我，我都不会分心的。”成卫东说完扭身就跑了。

“你这个毛头小子，翅膀还没硬，就顶起师父来了。”

“您等着我吧，毛头小子会成为得力干将的！”成卫东边跑边说，把身后的师父逗笑了，笑得那么开怀。

想起父亲和师父对自己说过的话，成卫东像上学时那样，在自己的笔记本中写下了人生的座右铭——“学最好的技术，当最好的司机，做最好的员工”，以此时刻勉励自己。

从此，成卫东的生活两点一线，非常简单。那时他的家刚从平房搬到楼房，依然离单位很近，因为在买房时成卫东向父亲提议不能离单位太远，以便于他全身心投入工作，父亲欣慰地答应了。虽然正是贪玩的年龄，但成卫东很能沉得下心，坐得住身，提得起神，再也不像之前学徒时那么紧锁眉头了。他随身的背包里，常常放着几本书，都是有关拖车等机械设备构造与应用方面的，有空就翻几页读读。

成卫东将正式成为拖车司机视为迈出人生梦想的第一步，瞬间有种海阔凭鱼跃的感觉。他开着拖车在现场运输，从车库到 6 段码头，这个运输距离是最远的，要转过 5 个路口，而且路口狭窄，转弯必须精准，不然 20 多米长的拖车很容易扫尾。为此，他不放过任何可以用来训练的机会，经常在地上摆两个小木墩，训练自己在最短、最窄的距离中将拖车开过去。仿佛是拖车本身就带着魔法，深深吸引着成卫东，甚至在大家休息的时候，他也要开着车去干一些辅助性工作。高负荷的训练，让成卫东的双脚肿得老高，膝盖也因此受损，但这些并没有阻止他勤奋的脚步，反而更加斗志昂扬。比如，夏天发动机热得像一个火炉子，在一旁工作的成卫东满身大汗，他却说：“来这里工作后，我的皮肤变好了，每天都在做桑拿……”冬天寒风凛冽，双手冻得裂出口子，他又说：“这就是劳动人民的双手啊，没有几道口子能算天津港工人吗？”

女朋友方学芳体谅成卫东苦练技术的辛劳，总是主动来找他。有一回，方学芳半开玩笑地对成卫东说："就没见过你这么痴的人。别的情侣平时都要看个电影、逛个街什么的，你除了工作还是工作，约会基本靠电话，连话题都是拖车，我看你将来娶拖车当媳妇吧。"

"学芳，你当初不就是喜欢我这股子韧劲吗，还要我给你做表率呢，不许拖我后腿啊。你看，进入 21 世纪后，咱们天津港直面经济全球化深入发展，积极抢抓滨海新区开发开放纳入国家战略发展的机遇，已步入了规模高速增长期，不努力能满足发展需要吗？不努力能对得起一代代靠苦力发展企业的前辈们吗？"说着说着，成卫东望向远方的海岸线，满眼都是憧憬，堆场、设备和忙碌的工人，像一个个跃动的船帆，即将驶入蔚蓝的大海。他轻轻托起方学芳的脸颊："如果你需要浪漫，我可能学不会。人的一生太有限了，我们赶上了这么好的时代，为何不拼一把，搏一把呢？学芳，我现在是多么想当天津港上空的一只鸥鸟啊，我觉得它们搏击长空、大海，任何风浪都不怕……"

方学芳望着成卫东深情地说："我是和你开玩笑的，上学时我就懂你，支持你，因为你有志向、肯吃苦，我才喜欢你。现在能不懂不支持你吗？依我说，海上的鸥鸟太多了，要当就当一只‘精卫’鸟，精卫填海的精神一直是咱们天津人民的精神底色，这种坚韧奋斗的精神让咱们不断创造奇迹。咱们天津港填海造陆正是‘精卫填海’的真实写照，所以它也是天津港的精神……”两个人说着说着，就相拥张开手臂，模仿鸟儿飞翔的样子：“我要做一只百折不挠的精卫，让暴风雨来得更猛烈一些吧！哈哈……”

心上人的支持，更激发了成卫东要做一名技术型产业工人的志向。每次上车前，他都要拍拍车身：“老伙计，合作愉快！”成卫东的技术一天比一天成熟，很多同事看着他开车就是一种享受，都说他开车如行云流水，动作流畅一气呵成。

然而成卫东并不满足。2001年的天津港生产任务日益繁重，对工作效率提出了更高要求。工人们工作量非常大，一个人供应两到三条作业线，两个人供应四到五条作业线，效率提升成为当务之急。经过艰苦的实践，成卫东发现一个问题：倒车作业时，大家一般都用右脚开车，身体扭得非常厉害，很影响工作效率。他想：如果用左脚开车，身体就可以转过来，视野将更加宽阔，效率也会提高，为什么不用左脚开车呢？当他把这个想法和师父说时，正好其他几位老师傅也在旁边研究工作，他们诧异地

成卫东在工作中一丝不苟，毫厘不差

望着成卫东说道：“车本身就是这么个构造啊，难不成你小子去找厂家谈一谈，改一改？”说完纷纷哄笑着离开了。成卫东的脸涨得通红，依然坚定地对师父说：“师父，天津港在发展，我们产业工人也不能墨守成规啊，技能有创新才会有突破、有发展。更何况，这只是一个工作习惯的问题，改好了既省劲儿又能提高生产效率。”

知徒者莫过于师，马国元知道成卫东是一个善于钻研技术不服输的人，不想打击他，于是重重地拍了拍成卫东的肩膀：“你要做第一个吃螃蟹的人，师父支持你。但是用左脚开车，在队友们看来就是天方夜谭啊，你得用事实说话。”有了师父的点拨和鼓励，成卫东立即燃起了斗志，决心从自己做起。

因为和寻常开车的习惯不一样，所以很考验四肢的协调反应能力，成卫东一开始练习的时候，手忙脚乱，明显感觉很吃力。他想：像我这么年轻都很难改变开车的习惯，更何况那些老师傅了。看来仅仅改变几个动作是不行的，正所谓牵一发而动全身，得赶紧总结一整套作业流程的口诀，先烂记于心再付诸实践。于是，成卫东把拖车操作的一个循环分解成40多个动作要素，包括需要挂几次挡、踩几脚刹车、回几下头等，一个要素一个要素地逐个研究，久而久之他仿佛着了魔——吃饭时，他把饭碗看作拖车，在两根筷子之间通过，寻找运行轨迹；扫地时，把扫帚当成拖车，观察转弯角度。每每有进展，成卫东都会兴奋地抄起电话打给方学芳，方学芳则会在电话的另一头哈哈大笑，她觉得这样的成卫东最可爱。成卫东也因此一扫满身疲倦，很快投入下一轮“苦修”中。除了废寝忘食，成卫东还时不时故意“难为自己”，在拖车头的运行通道上做小标记障碍，人为缩小通道的宽度，以寻求最短的行车路径。在近乎疯狂的练习后，成卫东终于修成了这项“独门绝技”——用左脚代替右脚倒车，转头的视线范围从 180 度提升至 270 度，生产效率大幅提高。

这事让成卫东在公司“一炮而红”。同事们都对他竖起了大拇指，特别是那几位老师傅逢人便夸：“卫东这孩子可真行，敢想敢拼，后生可畏啊，咱们应该好好向人家学习学习……”“就是啊，刚来那会儿，他就是个毛头小子，现在已经成为公司开车最快、最好、事故率最低的拖车司机了，这才几年啊……”面对夸奖，成卫东总是腼腆地笑，不知道该怎么回复大家。其实他最想听到的是师父的表扬，自入职以来，师父很少表扬他。但他心存感激，觉得自己遇到这样的师父非常幸运。一日为师，终身为父。师父退休后，成卫东每年都要去看望师父，说说工作上面的事情，只要有师父的鼓励，他就会充满无穷的动力。

但当时的马国元依然没有表扬成卫东，只说了一句：“不要骄傲，机器总是在升级换代中，能开所有的车型才算真本事，你的路还很长呢。”师父的这句话，成卫东时时铭记于心，他在短暂的欣喜过后，真正意识到“人才强港”的重要性，决心精修技术，做一个出色的技能型人才。

第四章 传承者的奋进力量

2004年和2005年，对成卫东来说，注定是不平凡的两个年份。随着港口科技的不断发展，各种新型设备层出不穷，这给了成卫东追求卓越钻研技术，将工匠精神真正融入岗位实践的良好机会。

在听了天津港楷模孔祥瑞的工作事迹报告后，成卫东被深深震撼到了。孔祥瑞是一个从只有初中文凭的码头工人到“蓝领专家”华丽转身的优秀代表。那一年，孔祥瑞在煤码头公司一队担任党支部书记、队长，讲述其团队的工作内容是要掌握价值8亿元的世界最新自动化传输设备的使用和操作方法。这对一直与门机打交道、在新型机械设备操作方面毫无经验的孔祥瑞来说，是一次非常大的挑战。但孔祥瑞不畏难、不惧战，主动承担重任，在摸索中前进，在实践中提升技能。这种精神令成卫东感动。孔祥瑞告诉大家：“只要踏踏实实在一线学、在一线干，勇于创新、积极钻研，大家都能成为本职工作的骨干和行家里手……”听完报告后，成卫东兴奋地在小本本中记下了“蓝领专家”这个词汇，“工匠精神”是2016年政府工作报告提出的新词儿，那时还没有兴起。但在成卫东的心里，已经萌生了由“工”到“匠”蜕变的强烈愿望，他决心要以孔祥瑞为学习榜样，将岗位作为施展才华、挥洒激情、创造业绩的舞台。

从那时起，成卫东特别关注孔祥瑞的动态，他的每一个成绩，都让成卫东振奋，进而时刻激励自己，并将“专心致志以事其业”作为对待工作的唯一标准，凭借出色的工作表现，成卫东担任了车间班组长。好事成双，那时他的感情也修成正果，与方学芳结婚了，小两口既是校友，又同为天津港职工，这让两颗年轻的心紧紧交织在一起，碰撞出“比翼双飞”的信念。

成卫东工作照

小两口约定：先干好工作，等过几年再要孩子。对此，成卫东的母亲很不解：“趁着我们身子骨硬朗，现在还能帮你们带孩子，干吗非要过几年？”成卫东笑着说：“马上要孩子势必要分心，天津港正是快速发展的时期，也正是需要人的时候，我们想全身心投入工作当中。”父亲则为此感到很欣慰：“我支持你们的决定，现在正是发挥‘港为城用，城以港兴’效应的好时期，年轻人就该大干一场。”“父子俩真是越来越像了。”母亲只好无奈地摇摇头，问方学芳：“他们爷儿俩都是特别有主意的人，学芳你也是这么想的吗？如果不是这样想的，妈给你做主。”方学芳当即答道：“谢谢妈妈，这是我们商量过的，您和爸爸不是向来主张年轻人先立业吗，我们想跟上港口发展的节拍，不想留下遗憾……”

当天夜里，父亲睡不着，翻箱倒柜找出了自己当年舍不得穿的那件新工装，经过岁月的打磨，颜色已经有些发旧。妻子埋怨他：“大半夜不睡觉，又翻它做什么？”

“老伴儿，你没发现卫东这孩子事业心很重吗？本来这件衣服是想传给老大的，他当兵回来终究还是选择了到天津港工作，和我走的是一样的路径。但论对工作的执着，卫东更像我。我想把这件衣服传给他……”

“老大也不错，工作很努力，就这么一件工服有什么好纠结的。你呀，对天津港的情结太重了。”

“毕竟是一生奋斗过的地方啊，天津港从一个小渔村到一个全球性贸易枢纽，这个过程经历了沧海桑田，有我们的青春和我们这一代人的喜怒哀乐啊……”

“老头子，你都这把年纪了，还是少一些追求吧。我真不希望卫东和你一样拼命，你的肩膀到现在都被压得不对称，还要让孩子接着吃苦吗？你看这孩子都瘦了一大圈，吃不好睡不好的，天天要争什么技术第一，这都娶媳妇了，还是让他少折腾吧，我心疼啊。”

“心疼啥，谁生来不吃苦？我们这辈子已经这样了，孩子不能和我们一样，他们赶上了好时代，不奋斗对得起几代天津港人的手拉肩扛吗？卫东从小就有远大志向，想让天津港工人干活不那么累，还想把港口建设得更好，他现在努力钻研技术，不正是为了圆梦吗？我们做家长的，要支持孩子。”

妻子已被说得热泪盈眶，但嘴上依然坚硬：“哪个当妈的不心疼孩子啊。再说新媳妇刚过门，人家都给个什么金啊玉的，哪有给件旧工装的？”

“傻老伴儿，这叫传承，传承的是咱们天津港的精神，懂不懂……”

接到父亲的这件礼物时成卫东很激动，他忍不住哽咽了。这种情愫只有天津港人才能深刻体会到，是一种需要以时光为积淀，以时代为坐标，才能感受到的悸动。父亲对他说：“成了家，就是大人了，身上多了一份家的责任。但是你别忘了，有大家才会有小家啊。你小时候的梦想还记得吗？”

“爸爸，我深深记得。这件衣服我会珍藏下去，传承下去的。你们那时候都没有一件像样的工装，我们现在不仅有像样的工装、像样的设备、像样的港口，还有千千万万名像爸爸这样的人……”

成家后的成卫东，再一次踱步湛蓝的海岸线，这一次是他独自一人席地而坐，看着海鸥低飞的果敢——海鸥任海风掀起一排排巨浪几乎要打在身上，却只是时不时用翅膀拍打海面，全然不顾海风呼啸，涛声震天，仿佛要冲破天海一线。成卫东想起了小时候父亲给他讲述的关于天津港的故事：几代天津港人攻克了人工港深水化建设的世界性难题，用浚深航道的淤泥吹填造陆，续写了现代版的“精卫填海”神话。成卫东暗下决心：自己一定要做一只勇敢的精卫，努力深挖技术潜力，持续提高工作效率，以满足天津港日益繁忙的生产要求！

艺痴者技必良。本就喜欢思考的成卫东，越来越善于发现问题、解决问题。看似简单的司机岗位，蕴含着许多知识、技能和窍门，激发了他不断深入研究的兴趣。

由于拖车主要负责港口作业的水平运输环节，共有三个拖板循环拖带：装货场院一个拖板进行装货作业；码头边一个重货拖板门机进行装船作业；拖车上还挂一个拖板，待拖车将装好货物的拖板拉到码头边放下，再将挂

成卫东夫妻结婚蜜月旅行照片

码头边门机作业完的空拖板拉到装货场院放下，然后再拉装好货物的拖板到码头边。流程烦琐，每个班次挂、放拖板，倒车的频次很多，如果不总结出一套连贯的工作技巧，工作不仅枯燥还容易出现瑕疵。

一天吃过午饭，成卫东蹲在场内安全区看队友拖货很是辛苦，突然想到：天津港发展的步伐加快了，工人的效率也应该相应提高。虽然之前已经把拖车操作的一个循环分解成40多个动作要素，但还是不能满足所有的设备和人。如果能按照不同人和不同设备，进一步精细操作步骤，制定标准，作业线慢的拖车为作业线快的拖车帮帮忙，不就使机车利用率和生产效率大幅提高了吗？

想着想着，成卫东来了灵感，再次进入上百次的循环试验中，终于总结出独有的“快”“准”“稳”工作法：“快”是指拖车驾驶作业中动作要迅速、敏捷、熟练；“准”是指拖车作业中的停车、倒板、挂板等作业环节一次成功，准确到位；“稳”是指作业中根据不同货类，合理控制车速，不发生安全事故和货损货差等质量问题。经过对比，此工作法动作迅速、灵活，确保作业中完成挂拖板、倒车、停拖板的单个作业环节的成功率100%，工作效率可提高16.7%，极大地解决了因拖车速度不一而产生的低效率问题。

在这个过程中，成卫东需要不断去总结每一名拖车司机开车的特点，然后进行总结提炼，再把拖车操作环节进行分解，做好专门的动作设计，最后进行实践和比对，反复改进。有一次，成卫东在试验时发现了拖车故障，却怎么也找不出原因，便坐在那里苦思冥想。同事们见他那样，既为他着急，又很心疼他，就劝他先喝口水，换换脑筋。谁知，他随手端起旁边的机油壶喝起来，呛得连连咳嗽，脸都变了色。

因为成卫东开车的时间比别人长太多，颈椎病几次发作，站起身却直不起腰来，整个身体像散了架一样。一天夜里，他上肢疼痛，实在睡不着觉，就让妻子方学芳站在他背上踩脊椎，每踩一下骨骼就会发出“咯咯”的声音，方学芳心疼地劝他去看医生。为了让妻子放心，成卫东只好转天去医院，可刚刚挂完号，就接到了师父马国元的电话，成卫东兴奋得直接把病历本、挂号单塞到方学芳手中，踉踉跄跄往单位赶，留下方学芳一个人发呆。

原来，单位里刚刚经历一场激烈的讨论，2004 年天津市首届港口行业职业技能大赛要报送参赛人员，天津港对这项赛事非常重视。派谁去成了难题，既要技术好又要资历老的人，真不多。最后经领导考量，天津港第一港埠有限公司一共派出 4 名参赛选手：一位是马国元，另外两位是成卫东的师兄，余下的那一位就是成卫东了。他在参赛选手中年龄最小，资历也最浅，讨论的时候还有一定争议，因为大家都想在首届港口行业职业技能大赛中一展风采。马国元为成卫东据理力争：“都什么年代了，还要论资排辈？一律按成绩论英雄，这和年龄大小没有关系，谁

成卫东（左二）参加第一届天津市技能大赛时和师父、师兄的合影

去都同样代表天津港。希望大家为了我们这个集体，体现出大格局……”

马国元把上面的决定告诉成卫东，让他抓紧时间打磨技术，旁边的师傅立即开玩笑：“老马，你这个徒弟已经很刻苦了，在车上的时间比谁都长，难不成你让他把铺盖卷搬来住车里不成？”

“对呀，师父，为了方便练习，我可以住在单位，我怎么没有想到啊。”

马国元一个巴掌就拍下来了：“傻小子，人家跟我开玩笑呢，你离家本来就很近，住什么住？不要媳妇了？不管父母了？你只要平时练习的时候多注意几个细节，多留点心眼就好了。”

成卫东呵呵笑起来：“谢谢师父，跟师父和师兄比赛，我是赢还是输呢？”

“你个毛头小子，你说是赢是输？你敢给我输，我踹不死你……”师父笑着抬腿做出踹他的动作，成卫东立即躲开，这一过程中由于脊椎疼痛，“哎哟”一声差点摔在地上。

师父赶紧扶起他：“又犯颈椎病了吗？看过了吗？”

成卫东咬着牙说道：“还没有来得及看，就接到了师父的电话。”

“傻不傻啊，怎么不早说，赶紧看去。我告诉你啊，你要是给我耽误比赛，我跟你没完！现在就去，看完了在家养几天……”

“是，师父！”

但成卫东哪是能闲下来养病的人，隔天他就贴着膏药上工了，像往常一样专注地开车、倒车，观察、改进，他感觉自己就像一条畅游在深海里的鱼，不停地探秘海底世界……

很快就到了比赛时间。成卫东在比赛中稳定发挥，一举夺魁，获得了2004年天津市首届港口行业职业技能大赛冠军。这是他获得的第一个冠军，至今难忘。当如潮的掌声响起时，成卫东本能地将目光投向师父，发现师父正偷偷抹着眼泪，他心里突然五味杂陈，鼻头发酸，想哭又哭不出来。这个男子汉只有在父亲面前哭过，但他此刻分明觉得师父就是父亲啊……

赛事尾声的大合影，师父和两位师兄站在成卫东的前排，成卫东激动地搂着他们，四个人不说话，手紧紧地握在了一起。

比赛过后，成卫东的声名响彻了起来：“这小伙子太厉害了，青出于蓝而胜于蓝，把师父和师兄都打败了……”“就是啊，听说他的师父高兴得当场就落泪了，都说不出话来了。干了一辈子，能培养出这么好的徒弟，也算功成名就……”每次听到这样的话，成卫东就反驳：“没有我师父，就不会有现在的成卫东。我师父才不稀罕什么功什么名呢，他一门心思干好工作，就盼着企业好，盼着徒弟们都成长起来。他说，一次获奖并不能说明什么，把工作干好才是长远之计。”

此后成卫东凭借精湛的技术，连续三届夺得天津市港口行业职工技能大赛牵引车组冠军。仅 2004 年，成卫东就获得了“天津市青年岗位能手”“天津市技术能手”“天津市‘十五’立功先进个人”以及公司级先进生产者等荣誉称号。成卫东成了天津港最年轻的高级技师，被大家誉为天津港“拖车王”。

第五章 拥抱新身份新使命

采访中，成卫东说："劳动力的需求结构发生了调整，对技术和专业能力的需求增加，对传统低技能工人的需求减少。作为新时代的产业工人，我们不能仅满足于技艺熟练和吃苦耐劳，还要不断提高技能水平，让新时代港口产业工人的名字更加耀眼夺目。"

笔者问成卫东："您的责任感和使命感，除了传承于父辈，还来源于哪里？"他脱口而出："来源于身份——我是党的人，既是一名工人，又是一名管理者，我做的每一件事都要对得起我的身份。”

进入21世纪以来，天津港进一步提高自主创新能力，加快科技兴港战略的实施，全面推行了技术改革。这让成卫东看到了进一步提升自己的希望，他想去队里的保养组锻炼锻炼，但由于刚刚担任班组长，不知道怎么和领导提此请求。最终让他下定决心去主动请缨，是源于一件事。因为公司机械设备正在更新换代中，有一位师傅问成卫东一个部件的作用，成卫东竟然没有回答上来，这使他意识到自己在知识方面还有很多盲点，于是他鼓起勇气走进了领导的办公室，请求到保养组去锻炼。

领导面露难色：“卫东，你刚刚担任班组长，现在又要去保养组锻炼，是不是太急了点？”

“工欲善其事，必先利其器。作为班组的带头人，我深感自己责任重大，去保养组就是为了学到更多的本领，提高自己的维修技能，更好地为企业培育员工、激励人才。领导，我还有诸多不足，需要学习充电啊，请您批准我去吧！”

领导点点头，望着眼前这个意气风发的小伙子很是欣慰：“你想去也可以，将来你要是带不好班组，我可是要拿你是问的。这一去就是一年，你可想好了？”

成卫东为青年员工传授技艺

“请您相信我，我学成归来一定会带好队伍。”

2005 年 3 月，成卫东兴高采烈地前往保养组报到。刚一到，他就要帮着干活。老师傅带着他先熟悉了一下环境，才让他开始干活。成卫东迫不及待跟着老师傅在拖车的上下里外钻来钻去，弄得全身都是油污。老师傅对他说：“日子还长着呢，你这是何苦呢，非要今天弄个明白？”成卫东憨憨地笑：“不长啊，只有一年的时间，我想学的东西很多呢。”于是，他每天围着拖车钻来钻去成了家常便饭，杂活累活他都抢着干。一看到新的车型，成卫东就会激发出无限的求知欲。他的脑子很活络，即便新车型工艺复杂，但基本说上两次，类似的设备零件他很快就能拆装，他那记录得密密麻麻的小本子活像一本说明书。

成卫东有个很好的习惯——每天完工无论多晚都会将当天学到的知识记录下来，以备将来检索、选用。晚上回家，他还要翻看大量的书籍，因此他睡眠很少，经常带着黑眼圈上工。经过一段时间的摸索，成卫东很快就发现了一个问题：技术创新的最大难点不是技术，而是思维。比如，机油室的位置比较低，因为那是厂家设计好的，位置就不能调高。但其实不是不能，而是在大多数人的思维里，本能地不愿意去改变；再如，有的技术科技含量并不是很高，但就是没人敢于做第一个吃螃蟹的人。成卫东经常和师傅们争论得面红耳赤：“其实任何事物都不是一成不变的。技术革新，革的是什么呢？是方法，是效率，是质量，更是思维啊……”可是每次争论的效果都不大。

一天夜里，又在熬夜的成卫东一不小心打翻了水杯，惊醒了睡梦中的妻子。妻子心疼地为他倒水，关切地问他：“还不睡啊，明天还要继续工作呢。”

“真不好意思，吵醒你了，我把笔记整理完就睡，你先去睡吧。”

“不能明天再整理吗？”

“不行啊，我要养成今日事今日毕的习惯，明天还有明天的记录笔记呢。”

“我看你这段时间都愁眉不展的，工作中有什么不开心的事吗？”

“没有，就是改变那些老师傅的思维太难了，有点着急啊。”

“当然啦，改变一个人的习惯本来就很难啊。他们大半辈子都是这么干过来的，怎么可能被你的三言两语而改变呢，这需要一个过程。再说，你当初提出用左脚开车时，大家都认为不可能，连马师父都没有帮你说话，只是让你用实践去证明。看来，和老师傅们打交道，最好的办法就用事实说话。”

成卫东点点头，坚定地说道：“我会努力用事实说服他们的。”

第二天上工维修，大家发现故障的原因是 QYC80 牵引车的油门太重，一位师傅判断说是拉线生锈了，要换个拉线，成卫东摆摆手：“先等一等，故障是因为拉线生锈，如果换一个，那过段时间又生锈了怎么办？”

那位师傅奇怪地看着成卫东：“那就再换一个呗。配件是有寿命的，就该更换啊。”

“时间就是效率，公司是要创业绩的，不是搞维修的。一台机器与其三天两头换零件，那为什么不找到原因一次性解决呢？”

“一次性解决？你不要抬杠啊，用久了都是要换的，

成卫东（中）到保养组与老师傅们切磋技术

我们是搞维修的，不是搞发明的……”那位师傅非常不理解地回应道。

成卫东不好再说下去，他下班后找到了保养组的负责人，提出想做QYC80牵引车油门拉线国产改带的技术革新的建议。成卫东强调拉线生锈后，势必有摩擦，有摩擦就会有阻力，影响油门。如果每一次生锈都要换件，不仅成本大，而且也会拉低工作效率。成卫东认为这是消极的维修，因而必须进行技术革新。该负责人说：“这是一个好创意，但你不要年轻气盛，我们毕竟不是QYC80牵引车的厂家，改不好还得再想办法维修，不是更浪费成本吗？”

“能不能尝试着做个皮套套在上面呢？咱们可以和厂家商量……”

对方惊讶地瞪大眼睛看着成卫东：“我从来没有听说过这个东西啊，再说厂家能听你的吗？”

“那您就放心交给我去做吧，我去想办法……”

在成卫东的心里，一直执着地认为：一个操作工人不能只会操作，还要有能力改造设备的缺陷。在他的坚持下，保养组把这项技术革新任务交给了他，更多人是带着好奇心看他怎么个改法儿。成卫东先是自己设计，然后再试验，反反复复试下来，凭借强烈的使命感完成了

QYC80牵引车油门拉线国产改带——现在这种技术已经很成熟，但在当时则是一种突破。用成卫东自己的话说，“其实很简单，就是在牵引车油门拉线处套上一个皮套，防止生锈，有效延长油门拉线的使用寿命，而且成本并不高，这叫花小钱办大事”。

这件事让保养组的师傅们都很佩服成卫东，大家一改之前的态度，思维模式也慢慢发生了转变。在成卫东的影响下，一些师傅也渐渐开始喜欢研究问题，他们经常一起试验、一起讨论，共同进步。有一位叫杨凤玺的队友向成卫东反映，驾驶室里总是有一层厚厚的灰，有时候尘土飞扬，不少队友被呛得喘不过气来，但始终找不到好方法，他希望成卫东帮助解决问题。两人说干就干，当天就认真检查起设备。

成卫东翻开自己的笔记本，皱着眉头分析道：“我想应该是风扇叶转动带出的气流导致了地面尘土大面积刮飞。”

“对呀，我怎么没有想出来呢？”杨凤玺高兴得像发现了新大陆一般，“当务之急是不是应该尽快断绝气流与灰尘的接触呢？”

“没错。如果在大梁与水箱排风出口间加一个护板，就可以断绝气流与灰尘的接触了。”

“那到哪里找护板呢？咱们自己定做吗？”

“不着急，我先研究一下原理，量好尺寸，一点点尝试。”

就这样，成卫东折腾了大半宿，终于设计出一张护板图纸。经过多次制作、试验后，驾驶室的尘土明显少了。他和杨凤玺兴奋得抱在一起：“我们成功了！”紧接着，远处传来保养组师傅们的热烈掌声，原来大家都在默默地盯

成卫东上工维修，查找牵引车故障原因

着成卫东，想看看这个小伙子究竟哪里来的能量。有师傅说：“成卫东的观察视角独特，总能抓住别人抓不住的关键点，想出别人想不来的好主意。这东西帮我们解决了大问题，咱们去申请实用新型专利吧。”后来，所有的牵引车都装上了成卫东设计的防尘装置，这果真成为他的专利。从那时起，成卫东一年一个台阶，先后参与实施了QYC80 牵引车机油尺总成改造、OTW 牵引车主机前后缓冲减震垫国产改进、哈工牵引车水管改进、哈工牵引车转向球销改进、备用轮胎存放架等多个专利项目的研制工作。回想起来，成卫东感慨万分：“如果不是那一年在保养组得到充分的锻炼，我是不会学到这么多技术的，感谢领导给我机会，感谢工友们、老师傅们对我的信任和支持……”

因为表现突出，成卫东在 2006 年 4 月光荣加入中国共产党。“每一名共产党员都是党的形象的代表者、传播者和维护者。共产党员应始终牢记自己的第一身份是党员，始终牢记自己的第一职责是为党工作。成卫东，欢迎你加入党组织，这是你的新身份，希望你珍惜并热爱，努力为之奋斗！”这是成卫东的领导寄予他的话，说得斩钉截铁、意味深长。当时成卫东的每一个汗毛孔仿佛都是打开的，激动得小心脏怦怦跳。他的脑海里闪过了父亲和工友们辛勤劳作的场面，闪过了父亲交给他珍藏了一辈子的工装时那期许的眼神，闪过了师父马国元在他第一次拿冠军时偷偷抹眼泪的样子……成卫东深切感受到，这个新身份是多么神圣，“基层党员”的称号是多么闪耀！成卫东兴奋地在笔记本中写下了“拥抱新身份新使命”这一行字，揣进怀里，心潮澎湃！

一代人有一代人的使命，一代人有一代人的担当。承担新使命的成卫东认为，基层党员要有忠诚于党热爱工作的情怀，要有敢为人先的勇气，要有求真务实的作风。成卫东依靠在基层摸爬滚打干下来这几年的经验，做起管理工作照样不含糊。从保养组归队后，从来没有过管理经验的成卫东开始抓班组管理、带队伍。他不想像有些班组长那样简单粗暴式管理，因为老天津港人的性格粗犷，着急时会口吐脏话，骂大街或者踹两脚在过去的工作环境中都不足为奇。成卫东以创建星级班组为己任，自然要倡导文明管理、现代化管理。

“班组长作为班组的领头人，自身必须具备思想好、作风正、责任感强、技术精、懂业务、办事公道等优点，才能赢得职工的信任，提高班组的向心力和凝聚力，带领班组成员完成各项生产任务。”领导向成卫东传授经验。成卫东一一记下来，并为自己制定了班组管理工作四大目标。

第一个目标是工作思路要清晰。成卫东认为思路是班组开展工作的前提，没有清晰的工作思路，班组就会处于混乱状态，成为没有竞争力和活力的班组。这一点是他学徒时期就感受到的，那些老师傅也经常讲。只不过他现在的视野更宽阔了，在明确生产方针政策和班组管理的内容和任务时，也时刻关注着企业的发展动态，并将其认真传达给每一名组员，增强大家“工人就是企业第一生产力”的主人翁意识。他经常为大家讲述劳模孔祥瑞的事迹——孔祥瑞在2006年改进设备电缆，节约维修成本100万元；2007年，攻克“大型机械走行防碰撞装置”难题，创效181万元，主持研制的“大型机械电缆防出槽技术”获国家实用新型发明专利，并创效990万元……每当讲到动情处，成卫东就会很激动：“榜样就在我们身边啊，孔祥瑞作为天津港第一代门式起重机司机，用自己的智慧和体力，为天津港的发展贡献了一名共产党员的责任与担当！我们也同样是工人，而且是新时代产业工人，在座的也有党员，我们究竟差在哪里？是观念，是事业心和责任感！同志们，请静下心来想一想天津港这几年的发展，我们已经不再是过去的工人，不努力怎么能跟上企业飞速的发展形势？请下定决心学榜样、做榜样吧，用心用情用汗水干好本职工作，创出一流业绩。我们班组愿意做大家成长的摇篮！”成卫东的讲话充满铿锵之力，总会赢得一片掌声。不仅如此，他每个月都会组织开展“绩效之星”评比活动，让班组形成一种比、学、赶、帮、超的良好氛围，有力地推动了班组建设与发展。

第二个目标是生产管理要严格。上任之初，成卫东就意识到建章立制的重要性，他充分运用公司已有的《班组建设管理工作手册》，进一步完善资料管理，健全各种基础性台账，做到了记录准确、规范，并持续完善班组成员岗位职责、技能标准、安全生产制度等，有效提高了工作效率和标准化管理水平。特别是对于安全生产，成卫东格外重视，定期评估作业的安全系数，检查设备的安全状况，为此不知道牺牲了多少个节假日。而且，在每天工作之后，他还提倡组员总结“我今天安全了吗”的安全小结，切实要把安全意识贯彻到每一个组员心中。

有一次加班，成卫东要求组员们带家属来班组观战，还说查出安全隐患有奖赏。这让大家很不理解：隔行如隔山，家属并不懂我们的作业，怎么能查出隐患问题呢？成卫东就耐心地解释：“大家都学过‘不识庐山真面目，只

成卫东（左二）为解决牵引车故障，与工友们认真讨论设护板图纸

缘身在此山中’这句古诗吧，要全面地认识事物、了解事物，只有摆脱主观成见，尝试用不同的视角去观察事物、了解事物，才能对一个事物有较为完整、准确的认识。正是因为家属都是局外人，才更容易发现我们的安全隐患。”果然，家属参观后，提出了好多细节性问题，成卫东一一记在笔记本上，然后消化改进。尽管有些隐患提出得并不

专业，成卫东却说：“提出十个问题，只要有一个能进行改进，我们就离安全更近了一步。”

第三个目标是考核奖励要到位。成卫东一直认为考核奖罚举措是激励和约束班组成员的有效机制，为了尽可能达到效果，他学习了其他公司的相关制度，进一步完善班组绩效考核管理办法，坚持每月开展一次考核，每季度

成卫东从保养组归队后，意气风发地抓班组管理、带队伍

进行一次练兵比武，并持续提高班组工资奖金分配的透明度，让每个组员互相监督、自我管理，使分配更具有民主性、公正性。特别是在奖罚制度的实施方面，他努力做到扣罚不手软，奖励当即兑现，充分体现了多劳多得、奖勤罚懒的分配原则，最大限度地调动了组员生产的积极性、主动性。

第四个目标是职工培训要持之以恒。成卫东以“创建学习型团队”活动为载体，以“做什么、学什么、缺什么、练什么”为原则，制订学习培训计划。组织开展了“创建学习型班组，争做知识型员工”主题实践活动，并及时提出“争做技术标杆班组”的口号，通过技术讲座、导师带徒、现场指导，深化班组技术培训、岗位练兵、技能比武等工作，有力地提高了班组成员的业务理论和技能水平。他把职工日常岗位练兵作为提高组员技能的重要一环，开通了车间小课堂，由他和公司技术部工程师一起为组员授课，帮助大家补习机械基础知识。这个工作惯例一直坚持至今，已经形成品牌。

正是因为这些突出业绩，成卫东的口碑越来越好，影响力也越来越大，于 2008 年当选北京奥运会天津市火炬手，这也进一步点燃了成卫东对家国和事业的情怀！

第六章 用爱扬起前进的风帆

成卫东说，自己一个人成功了不叫真正的成功，真正的成功是带动一群人一起成功，这是他对团队的爱。同时，他也表示，他所成长的每一步都离不开天津港的培养，离不开家人的支持，他只能回馈予努力，这是他对单位和家人的爱。爱就像一面洁白的船帆，时刻牵引着成卫东快速驶向大海。

笔者问成卫东："对团队的爱，是什么样的？"他回答："从担任班组长开始，到担任拖头队副队长至今，始终坚持做好一个‘公’字，干任何工作都尽可能做到公平公正，让每一个人都能平等享受到被培养、被锻炼、被重视的待遇；坚持做好一个‘暖’字，尊重人、关心人、理解人，用诚挚的感情去感染身边的人，促使团队成为一个和谐、有序、充满凝聚力的队伍。”

2009年，受2008年全球经济危机的影响，中国出口受到严重冲击，天津港作为中国北方重要的出口港口之一，其业务受到的影响是巨大的。在这种情况下，企业持续转变经济方式，加大对人才的引进与培养力度，激发人才的创造力。成卫东作为天津港的技术骨干，当时他已经声名大噪，靠着优异的工作成绩将2009年度天津市五一劳动奖章和全国交通行业青年岗位能手等多项荣誉承揽，但他始终认为这是团队的功劳，是企业发展的结果。他立志要带出一支技术班组，将全部身心都融进了班组建设。

成卫东带出的队伍有着“团结、紧张、严肃、活泼”的特点。他经常在车间小课堂上鼓励和提醒大家：“工作就要玩命干，绷紧弦去拼搏。工作之余，我们都是好战友、好家人，要活泼一些、亲密一些。遇到困难和问题时，我们一定要勠力同心攻克难关，显示出我们现代工人的智慧和力量。”成卫东除了带领大家学习知识，把自己的本领

成卫东获得第三届天津市道德模范称号

毫无保留地传授给大家，还经常与组员们心换心地进行交流，掌握他们的思想动态，给予他们力所能及的帮助。

成卫东在和年轻组员沟通时，一定会了解一下他们的家庭情况。有一位年轻组员刚上班不久，工作态度有些懈怠，成卫东就有意识地接近他。为了寻找共同话题，成卫东决定从足球这一话题打开话匣子。“组长，不好意思，今天的失误我会好好反省的。”年轻组员以为成卫东要给他上思政课，一脸拘谨的表情。成卫东示意他不要紧张：“失误谁都有，需要在实践中慢慢改进，最主要的是年轻人的精气神不能丢。你看，足坛最强球队当属宇宙队巴萨了吧，但是巴萨也有起起伏伏的时候啊！巴萨为什么能保持较高水平，连续十一年入欧冠八强？那是因为球员们相互团结、扶持和坚持的结果，咱们学技术也一样啊。”年轻组员的眼睛顿时闪出了光芒，这是他工作时所看不到的：“真没想到您也喜欢足球啊，我上学时就是个球迷。普约尔、小罗、哈维、小白、梅西我都喜欢，他们将巴萨带到了前所未有的历史新高度……”年轻组员越说越起劲，还用手比画起来。

成卫东笑着和他说：“我上学时也喜欢足球，只是后来工作了，渐渐没有了精力。但正是因为热爱足球，我才能更好地投入工作，你知道为什么吗？”

“足球和工作风马牛不相及啊，为什么呢？”

“因为足球精神！你有没有想过，足球精神就是一种团队精神，一个单位如果有一个好的团队和良好的团队精神，它就会像冲锋的号角，催人向上，激励团队里的每位成员勇往直前，形成良性的竞争氛围。团队精神也是一个单位凝聚力的旗帜，如果没有凝聚力，即便目标再明确，集体也形不成合力，我们也只能铩羽而归。你看天津港现在的发展势头多好啊，每个人都有机会，只要你足够努力……”年轻组员脸红地低下了头：“对不起，成组长，我明白您的意思了，但是我没有您的天分……”成卫东拍了拍年轻组员的肩膀：“如果你真爱足球，就一定能感受到足球的竞技精神，否则就是个假球迷。”年轻组员若有所思、默不作声。成卫东继续说道：“我看你一直心事重重的，是有什么事情，可以告诉我吗？说不定我能帮你解决，因为我们都是球迷，也都经历过职场的迷茫期，你要相信我！”成卫东伸出温暖的双手，看着年轻组员。年轻组员抬起头，望着眼前这位比自己大不了多少的组长，心里暖烘烘的。两双手紧紧地握在了一起。

原来，这名年轻组员的理想不是当工人，他是因为报考公务员失败才来到一公司工作。他在感受到繁忙而枯燥的工作后，心理落差很大，情绪变得低迷。加之技术生疏，工作中很容易出现一些差错，这也进一步打击了他的自信心。成卫东发现他情绪不对劲，并没有严厉批评，而是在了解情况后耐心地开解他，给他讲起自己刚参加工作时的故事，讲起了天津港未来的发展。成卫东特意讲述孔祥瑞的事迹鼓励年轻组员："你看，已经获得全国劳动模

拖头队"兄弟连"足球队合影

范、全国五一劳动奖章、全国优秀共产党员等20多项荣誉称号的孔祥瑞，依然能够在50多岁的年纪站在中华技能大奖领奖台上，接受国家对一名知识型产业工人的嘉奖，靠的是什么？是梦想啊！为了梦想，孔祥瑞可以站在地面温度40℃的现场作业几十年无怨无悔；为了梦想，孔祥瑞带队友们没日没夜研究、实践，完成了20余项技术改造项目；为了梦想，孔祥瑞虽然遍身伤痛，但依然每天最后一个离开现场，确保现场安全；为了梦想，孔祥瑞二十几年几乎没有和家人度过一个除夕和中秋，每逢节假日他都主动在码头上与工友们一起值班……他所付出的一切，是为了创造更大的价值。没有艰苦卓绝的奋斗，没有无怨无悔的付出，没有百折不回的勇气，何谈梦想？但是，你知道吗，孔祥瑞是一个只有初中文凭的工人，他的起点并没有你们高。在这么好的条件下，你们为什么还不知足呢？”年轻组员听完成卫东的话，惭愧地低下了头。

成卫东的开导，很快就点燃了年轻组员对自身前景的希望，让他重拾信心和朝气投入工作。后来，为了更好地凝聚团队力量，成卫东专门成立了足球队，通过一起踢足球，团结奋进的足球精神融入每一名队友的骨髓。踢足球的习惯一直保留到现在，成为成卫东队伍的力量和团结象征。

“小小班组力量大，一切困难全不怕。”每当开球前，大家就会喊出以上这一响亮的口号。一场球踢下来，浑身湿透了，骨头节酸痛，成卫东就会痛快地说：“出点汗算什么？输了球又算什么？只要我们团结在一起，就不会有战胜不了的困难！”大家因此更加专注努力地投入工作。在上工之前，成卫东经常挂在嘴边上的话就是：“你们不要总认为工作是枯燥的，干任何事情都有规律，只要我们善于总结规律、把握要点、勤学苦练，啥车型都可以操作好的。大家要记住，干好工作不叫本事，把枯燥的工作干成兴趣才叫本事，你们愿不愿意拿出足球的竞技精神试一试？”“愿意！”车间就会响起高亢的声音，引来其他班组的关注。领导还为此找到了成卫东，让他们在工作时不要大呼小叫，注意一点影响。成卫东只好委屈地解释，他也是为了上工的时候给大家打打气。领导想了想，觉得有道理，就拿出天津港的文化手册递给成卫东，让他讲天津港的企业精神。成卫东像发现了新大陆，拍着胸脯向领导保证：“您放心吧，我马上就在车间小课堂里讲咱们天津港的精神……”这把领导逗笑了：“讲不是目的，干出成绩才是主要的。”

车间小课堂，是成卫东从班组时期就延续下来的课堂。成卫东在2009年就开始根据自己的工作经验，编辑学习教材，熬夜写写画画，只为了讲解起来更加形象、易懂，用他的话叫：“听得懂、记得住、好操作、可传播。”后来，这种简易的手写教材演变为印刷品，成为天津港独有的技术教材，越来越正规。可起初成卫东在制作这些教材的时候，一些老师傅还觉得多此一举，只要上车演习就好了，哪有那么多理论，最大的理论就是操作。成卫东却不这么认为，他想让每名组员尽快熟练驾驭各种设备，他认为这些技术的原理是相通的，需要有一个人专门进行总结和提炼。果然，成卫东的总结，让整个班组的理论加实践水平双提升，谈起拖车结构，大部分组员能够如数家珍。无论是技术比武还是技术革新，都带来了工作效率和工作产值的提高，以成卫东名字命名的“卫东班组”年创造产值可达680万元。

在成卫东的班组，谁家里有事，他都会带领组员帮一把。如家里有患者需要照顾，乔迁搬家需要收拾，还有红白喜事，成卫东都雷打不动去参加。为此，组员给他起了一个好听的外号——“暖心小哥”。这种暖心一直暖到他当天津港第一港埠有限公司拖头队副队长，暖到了今天。

那么，成卫东对单位和对家人的爱又是什么？成卫东顶尖的技术，能够通过发动机车、升起鹅颈、贴耳辨声等一系列操作对有故障的拖头“听音断病”，这在天津港没有几个人能够做到，因而很多故障问题自然而然就会找到他，这让成卫东越来越忙碌。2009 年，儿子成泽铭出生时，他都没能陪伴在妻子方学芳身边。当时为了解决一个

成卫东（后排左一）与“兄弟连”足球队员合影

技术问题，成卫东前往外地学习了。当他风尘仆仆赶到医院时，向来支持成卫东的父亲也忍不住发怒了：“明明知道媳妇要生了，还专门找这个时间段出去？”母亲跟着附声：“别怪你爸爸生气，平时家里家外都是学芳一个人，整个孕期你也没怎么照顾。你忙工作，我和你爸是支持你的，可媳妇生孩子是大事，你这么一个心细的人怎么也不放在心上？昨天要不是你丈母娘在家，学芳母子俩多危险啊。”成卫东懊悔得捶胸顿足。当时走的时候，离预产期还有一段时间，是方学芳看到丈夫茶饭不思实在心疼，以她对成卫东的了解，对问题不研究个水落石出是绝对不会罢休的。于是方学芳就主动劝成卫东去天津港的合作院校学习，开阔一下眼界，说不定问题就能迎刃而解。妻子的识大体顾大局，令成卫东非常感动，谁承想刚到那里还没两天，孩子就提前出来了，实在是出乎意料。

看着襁褓中熟睡的儿子和疲惫不堪、身体虚弱的妻子，成卫东心如刀绞。他爱工作、爱企业，那里承载着儿时的梦想；他也爱家人，家里是他心灵栖息的港湾。成卫东想尽量保持二者的平衡，却怎么也无法平衡。因爱而起，一端使他有用不完的劲儿、忙不完的事情；另一端让他陷入深深的自责，无法弥补。

之后，对于儿子的成长和学习，相比之下成卫东顾及得最少，甚至有一次偶尔按点儿下班的成卫东去接孩子放学，班主任老师因为不认识他，而不敢让孩子跟他走，只好由儿子为成卫东证身。老师上下打量着成卫东很是感慨：一个劳动模范的成长代价居然是顾不了家，顾不了孩子……

当然，那是后话了。赶到医院的成卫东握着妻子的手，心疼得泪珠掉落到妻子的胳膊上。方学芳缓缓睁开眼睛，先是很吃惊，但很快就平静下来，她知道丈夫的内心一定是煎熬和愧疚的，自己不能再言语刺激丈夫："我们母子平安，你放心吧。""对不起学芳，我没有照顾好你，你惩罚我吧，那样我心里还好受一些。"成卫东一头扎进方学芳的臂弯，抽泣得像个孩子，方学芳轻轻抚摸着丈夫由于几天没洗头而油花花的头发："好了，是我让你去的，不怨你。我看着你解决不了问题，会更难受的。卫东，我们不是有过约定吗，全身心投入工作当中，为建设港口贡献青春、贡献力量。你做得很好啊，可是我做得不够好……"说着说着，方学芳也忍不住哽咽了。

"不，你做得很好，你是个好妻子。是我这做丈夫的不够好，没能让你在工作中有更多精力去进步，我可怎么去弥补你啊……”

“不需要弥补，我也是天津港人，你做到了就等于我做到了。只不过，现在孩子出生了，我身体虚弱，怕是我们都顾不上这个家了……”

站在一旁的成卫东父亲打断了他们的话：“学芳你刚生完孩子不要激动了。卫东，出院后你赶紧回去收拾一下，带着学芳和孩子搬到爸爸妈妈那里住吧，我们可以照看孩子，将来你们下班还能吃上一口热乎饭……”成卫东站起身，抱住父亲：“爸爸，我对不住您，您马上就要退休了，辛苦了一辈子，不但没法安享退休生活，还要继续帮衬我们……”

“别说傻话，你把工作干好就是对爸爸最大的回馈了，看孩子对爸妈来说就是天伦之乐，能说对不起吗？”这时，一缕阳光打进来，将整个产房染成了金色，将三代天津港人爱的温馨画面定格在了时光深处……

第七章 以技术练兵致『初心』

作为新时代产业工人，成卫东始终不忘初心。他沐浴着父辈们的期望和汗水快速成长，从毛头小子步入而立之年，便响当当立住了。仅 2009 年，成卫东就斩获了天津市五一劳动奖章、全国交通技术能手称号等大大小小的荣誉 12 项，平均每个月一项荣誉，可谓誉满而归，战斗力惊人。

这也激发了成卫东更大的斗志。向来义无反顾的他此后又多了一种五味杂陈的感觉。2010 年，成卫东的父亲退休了，而他在这一年升职，担任了天津港第一港埠有限公司拖头队副队长。这意味着新老天津港人的历史交替已经开启，企业新的发展时代已经来临。

成卫东说，父亲离开天津港心情是复杂的，就好比一个人精神上寄予了一辈子的地方，身心奉献了一辈子的地方，突然不属于自己了，若说内心没有波澜那是不可能的。凭着对父亲的了解，成卫东主动“约谈”了父亲：“爸爸，我知道您早就有了心理准备，但是这一天到来时，您肯定不舍。这片土地有您的青春和汗水，有您一辈子的喜怒哀乐。我只是想告诉您，我和哥哥都在为天津港奋斗，这种传承是连着筋脉的，您不要有遗憾，好好安享晚年……”

父亲望向远方，看着管廊蜿蜒、炼塔高耸的作业场景若有所思：“这几天，我一直睡不着觉，你妈妈说我是贪恋岗位，我说我一个工人，干的都是苦力活儿，有啥可贪恋的。我是有感慨啊，总算有时间可以翻看天津港的发展史了。过去一直看不进去，觉得那是你们年轻人要学习的。现在爸爸也认真学进去了，有重温的部分，也有憧憬的部分，更学会了一些新词儿——‘一座港口的兴衰荣辱，与国家和民族的命运休戚与共’，这说得多好啊。1952 年，万吨级轮船‘长春’号的笛声，向世界宣告天津新港重生；三年困难时期，只吃粗粮的港口工人顶着压力迎难而上，创造了货物吞吐量首次突破1000万吨的好成绩，奠定了中国北方枢纽港的地位；1981年，第一个专用集装箱码头建成，第一个港口EDI中心开通，第一个试水集装箱大陆桥过境运输，第一个在内陆开设‘无水港’……率先实现集装箱运输管理与国际接轨；1984年，天津港作为体制改

成卫东载誉而归

革试点，成为中国港口破冰改革第一家；1986 年，邓小平同志视察天津港，给予港口在改革开放中独特的历史地位充分肯定；2001 年，我们成为中国北方第一个亿吨大港，创造了世所罕见的天津港速度；今天……爸爸是觉得时间过得太快了，再也没有机会为天津港效力了，只能盼着你们能够创造更多的业绩……”说着说着，父亲的眼眶湿润了，声音颤抖了。

成卫东挽着父亲的胳膊，轻声抚慰道：“爸爸，我从来没有听您说过这么多‘新词儿’，您学得比我好，记得比我多。请您相信，天津港的精神，是我一辈子的力量源泉，您这一代人，就是我前进的旗帜……人总有解甲归田的时候，我会接替您干好工作。”

“孩子，其实退休也挺好的，爸爸和你妈可以更好地照顾你们一家，让你们心无旁骛干工作啊。”

“爸……”成卫东想继续说下去，但喉咙像卡着一根刺儿，嗓子眼咸涩涩的，那种感觉无法用语言去表达。父亲打破了沉重的氛围：“孩子，虽然你现在进步很大，荣誉加身，但你一定要记住了，你是站在巨人的肩膀上成长起来的，你赶上了好的时代，赶上了我国经济快速发展的关键时期，将来无论干成什么样，一定要踏实，不要这山望着那山高……”

“爸爸，我懂得，我的初心不变，会踏踏实实做一名产业工人，像您一样。”

父亲的话，深深地影响了成卫东，他在这个拖头队副队长的基层岗位一干就是十多年。这期间，和成卫东同时期进入天津港工作的同学或者同事，有的升职，有的另谋高就，但成卫东从来没有动摇过，也从来没有想过要离开天津港、离开现在的岗位。他总是觉得自己获得了那么多的荣誉，不干好工作就对不起父辈，更对不起天津港的栽培。他从来没有向单位提过任何有关个人的要求，总是觉得自己的付出不够多，做得还不够好。

2010 年，天津港进入世界港口 10 强行列，这让成卫东意识到：企业要进一步发展生产力，就一定更需要技能型人才，产业工人的新时代已经来临。他立志要扭转社会上对于当工人就是“苦脏累”的刻板印象，形成尊重技能、尊重技能人才的发展风气；他决心要打造出一支高素质高技能的员工队伍，更好地满足企业发展的需要。

经过思考，成卫东再一次鼓足勇气敲开了一公司领导办公室的门：“领导，我就是一个普通的基层一线产业工人，只是做了自己应该做的工作，集团却给了我这么多的荣誉，这让我感到诚惶诚恐的同时，更感到荣誉越高、责任越大，不仅要做好本职工作，更要带动更多产业工人投身‘学技术、争先进’当中来，否则我会寝食难安的……”领导被他的来意感动得从椅子上站起身，握住成卫东的手：“卫东啊，你已经是天津产业工人的后起之秀，集团树立的标杆，这是组织上多年观察和培养的结果，你有这

成卫东（中）决心要打造出一支高素质高技能的员工队伍，带动更多产业工人投身“学技术、争先进”当中来

份儿心，证明组织没有看错人。有什么困难和想法尽管提出来，只要合情合理，我会给予你最大的支持。”

成卫东憋红了脸，既有感动更有兴奋：“感谢领导的信任和鼓励，我想……”

“想什么呀？”

“我想……在我当班组长时，您不是说过讲企业精神不是目的，干出成绩才是目的吗？”

领导愣了一下，不知其所以然：“你现在是副队长了，责任当然比班组长更大，想问题、做事情应该站在全局的角度。”

“领导，我就是想提升全队的技术能力，让天津港第一港埠有限公司出更多优秀的技能型产业工人，助力天津港的发展，所以我想申请一块更大的技术练兵场地，之前的场地容纳不了太多人。”

领导欣慰地拍了拍成卫东的肩头：“批准了，我给你们腾出一块更大的场地练习技术，但你们一定要遵守纪律，不能大声喧哗搞太大动静，打扰他人作业。”

“放心吧，领导。我们绝不会打扰其他人作业的，一定会练好技术，为企业争光。”

成卫东兴高采烈地走出领导办公室，但是他没有想到自己主动申请练兵场地的行为引起了单位里一些人的意见，主要是因为他们一公司的可用场地本身就很紧张，工人的作息时间是四班三运转，个别人认为大规模搞技术练兵会分散他们的精力进而影响工作，既然成卫东当了副队长就要以抓管理为重，不能一味盯着技术不放。于是，领导就找到了成卫东的师父马国元，请求帮助：“马师傅，你是天津港老职工了，对港口感情很深，培养了很多优秀的徒弟，比如成卫东……”

“领导，我这人性子直，有什么话您就直接吩咐吧，卫东这臭小子要是做了什么错事，您不好意思说他，我替您去说他。”

“哦，不，您误会了，马师傅。”领导呷了一口茶，继续说道：“成卫东政治坚定、思想进步、工作积极，前不久还主动向我申请了一块技术练兵场地，这很好。可他毕竟是拖车队副队长了，提升技术培养新人只是他分内的工作之一，他还有一些行政工作要做，确实不能只盯着技术这一块。作为师父，您要多提点他，我不是反对他练兵，是希望他抓全面工作、抓全局工作，这才是一名管理者应该具备的素质……”

谁知，马国元却呵呵笑起来：“原来是为这个，领导，您得兼听则明啊。卫东在当班组长时就很注重抓管理，量身制定了班组管理工作四大目标。这小子经常偷偷读管理方面的书籍，有一回被我发现了，还挖苦了他一顿，说你小子忘本了，钻营技术才是你作为产业工人的根本，不要总盯着管理书啃，可这小子比我有志向，反驳说道：‘师父，管理就是效益，你不懂吗？抓技术也是一种管理，没有良好的管理，再好的技术也难以发挥，无法变成生产力。’顶得我是哑口无言。咱就说‘考核奖励要到位’这项内容吧，卫东把自己的奖金都奉献出来奖励进步成员了，有几个人能做到这份儿上？领导您再说他不注重抓管理，真是冤枉他了。自从卫东当队长后，他把自己当组长时的经验第一时间推广到各个小组，一开始还有不服气的组长，您再看看现在，各项管理都井井有条，真金白银创造效益和荣誉是真的，谁不服气啊。谁说卫东只顾着自己的强项抓了？那真是少数人的偏见。领导，我也快退休了，说这话有些直，但咱得把心放在正中央讲话，卫东这孩子脏活累活抢着干，加班加点不顾家，那是不计成本、不要命地在工作啊……申请一块场地练习技术怎么了？他并不是为了自己，他是为了让大家提高技能，可总有一些人就是看成卫东年年荣誉傍身不顺眼，故意找碴儿……”

领导连忙制止马国元继续说下去：“马师傅，我知道您护徒心切，但事情并不是您想象的那样。成卫东的表现是有目共睹的，一些人的不同看法也是为了让他更快进步，不要因此产生不和谐之音。我只是想，作为师父，您有必要对他进行提醒。”

“提醒什么？他做得不足，我有责任去提醒。您不能批给了他们一块练兵场地，做好人；但听了别人的议论后，又让我去提醒，做恶人。他是我的徒弟，我支持他练兵。依我看，那场地是小了，应该有一块更大的场地。”

“您看，马师傅，您是天津港老人儿了，不能和我抬杠啊，我们肯定支持他练兵，但也要共同帮助成卫东，让他提升管理水平，做得更好。您的徒弟前途光明，一定要广泛听取大家的意见，才能进步更快，不是吗？”

马国元深思良久后，找到成卫东时，已经下班一会儿时间了。成卫东正在认真画图，准备第二天的练兵讲义。马国元问道：“工作忙时你加班，工作不忙时你也加班，还是回去帮你爸管管孩子吧，我看老两口也怪不容易的。”

“师父，您今天怎么了？竟说一些泄气话。”

马国元话锋一转，步入正题：“卫东，听说你和厂里申请了一块场地做技术练兵，开展得顺利吗？”

成卫东回答道：“师父啊，我正想找您哪，现在这些年轻人真是不好管，他们的想法可比我们那会儿的想法复杂多了。我们就是一根筋练好技术，他们则不同，身上就像长着反骨。”

“怎么了？举个例子说说。”

“这些年轻员工特别沉迷于打游戏，怎么说都不行，

成卫东（左二）带领技术创新小组刻苦研究技术

真是愁人。有的员工只想尽快下班打游戏，心思根本不在练习上。我现在只能尽力让练兵课程生动一些，让他们产生兴趣。”

“傻孩子，谁会像你那样从枯燥的工作里干出兴趣来，工作对他们来说就是一份职业，一个糊口的饭碗。”

马国元指一指自己的脑袋，继续说：“这得从价值观上抓了，我觉得你就得让环境改变人，他们不是不喜欢掌握技术吗，你就成立技术小组，让他们加入这个小组，天天让他们接触先进的人、接触努力练技能的人，正所谓‘近朱者赤，近墨者黑’，时间长了就改变了……”

“要不说姜还是老的辣呢，师父，您的提示太重要了，您等等，我记在本子上。”

“你别记了，师父要提示你的不是这个，而是你申请的那块练兵场地，一定要在下班的时间使用，尽量不要干扰别人上工，要分批分组地练习，不要一下子抽很多人。”

成卫东诧异地看着马国元：“师父，您是不是听到了什么议论啊？我们就是这样做的，不然也不会这么晚了还写讲义啊。也许有些人不理解做这件事的重要意义，但以天津港的发展速度，若不苦练技术怎么能跟上企业未来发展的需要呢？我们和世界上一些先进的港口比，技术已经算是落后了。技术练兵绝不是小部分人的事情，而是全队、全公司的事情。师父，技术练兵只是第一步，将来我们还想成立一个技术创新工作室，作为研究技能、做实验用……”

马国元赶紧打断成卫东的话：“好了，先把我提醒你的做到，再说以后吧。”

成卫东微微皱一皱眉头：“师父，我们不是小孩子，您说的都是最基本的秩序，肯定要遵守。我们是为了一公司响当当立足，怎么可能打扰别人上工呢？师父，您还记得您说过的话吗，机器总是在升级换代中，能开好所有的车型才算真本事，也许您忘了，可是我记得，我们今天苦练技术，就是为了让每一个人都能开所有车型啊……我今天所做的努力，就是为了练好两套内功：一套是练好自身过硬的本领，另一套就是做好技术输出，这是天津港精神的传承，我得对得起组织的培养，对得起您和我父亲这一代人的教导和嘱托……”

一番话说得马国元鼻头发酸，他可劲儿拍着成卫东的肩膀：“卫东，好好干吧，师父支持你，全公司都支持你……师父是怕你过于抓技术培训，忽略了其他工作。作为副队长，你还有安全生产、车间工会等其他行政工作，这些也要做好传帮带啊，一个人的精力毕竟有限。”

成卫东点点头：“放心吧，师父，我一定会把自己的全部本领，毫无保留地传授给身边人，打造一支高素质高技能的员工队伍，更好地为企业服务。”

正说着，成卫东的爱人方学芳打来电话，才满一岁的儿子成泽铭发烧住进医院，正由成卫东的父母看护，方学芳要回家准备晚饭，所以让成卫东接替一下疲倦的父母。成卫东匆忙辞别师父往医院赶，慌忙中还不忘带上自己第二天准备技术练兵的讲义，却忘了带上外套。

到达医院时，成卫东的母亲抱着正在输液的成泽铭，因为孩子不停哭闹，她已经连续一个姿势抱了两个多小时，成卫东的父亲在一旁为孩子赶蚊子。成卫东刚想开口说话，父亲轻“嘘”了一声，把成卫东拽到病房外：“孩子肺部轻微感染，输几天液就好了，现在刚刚消停一会儿，之前你妈妈抱着他一直在哭闹。你替妈妈抱一会儿，让她休息休息。”成卫东心如刀绞，转身进入病房接过孩子，可是孩子一接触到成卫东冰凉的手臂，立即被惊醒了，又开始哭闹，心疼得母亲一把抱过孩子：“还是我抱着吧，你怎么也不穿个外套，自己不怕冷，孩子怕冰啊。”

“妈妈，您就把他放下输液吧，这么抱着胳膊酸啊。”

“泽铭现在生病了，抱一会儿怎么啦？孩子那么小，怎么可能躺着输液，难道他不难受吗？不用你管了，忙你的去……”母亲的情绪一上来，就开始数落成卫东。成卫东望着母亲渐白的头发和脸上布满的皱纹，内心万分愧疚。他想到如果不是因为自己，父母的退休生活该是多么自由和美妙啊，而现在他们却更加操劳，用尽全部力量撑着两个家庭，他越想越觉得撕心裂肺。父亲则一把搂过成卫东安慰道：“谁说我们家卫东不顾家了，就凭他年年都是先进，就是我们家的大功臣。孩子已经够不容易了，当妈的就不要再数落他了。难道我们两个老的，还看不了一个小的啊，真成老废物啦？卫东，你妈是在心疼你，怕你累着，才不让你抱孩子，你可千万别瞎想啊……”成卫东像做错事的孩子，低着头一言不发。

这一夜，成卫东被父母逼着回家休息，他又开始挑灯夜战，准备转天的技术练兵讲义。唯一不同的是，他在笔记本上写下了“致敬初心！致谢家人！”来抒发自己的心绪。

在技术练兵的过程中，成卫东不断调整人员。他成立了技术创新小组，还专门针对女职工组建了巾帼学习班，利用下班时间轮流为大家授课。令人感到意外的是，技术创新小组里，时不时增加的几位新成员，恰恰是平时不爱钻研、吊儿郎当的青年员工，也就是别人口中的“沉迷于网络游戏的不好管理分子”，有人还专门说他们是“三不管”——学校没管好、家长没管好，单位就更不好管了。个别组员不理解，就找到成卫东询问：为何要让他们加入小组，不怕带坏了小组的风气吗？成卫东耐心地开导道：“一人强和几个人强，都不叫强，团队强才是真正的强。培养队员就像种果树，你怎么栽苗，它就怎样开花结果。”成卫东还引用了一句让大家至今难忘的古诗词——“一枝花开不是春，百花齐放春满园”，他就是鼓励先进带后进，要用积极向上的氛围，感染那些不好管理分子，对他们不离不弃。

其中，队里有一位青年员工小于，打网络游戏到了痴迷的程度，许多老同事批评他，小于干脆就破罐子破摔，马马虎虎工作，让很多人不看好他。小于加入技术创新小组后，被敲打的机会更多了，眼看着别人热火朝天地切磋技术，他觉得心理落差更大了，仿佛自己不是这个队伍里的人。经过几天的观察后，成卫东对那些看不上小于的技术骨干说：“小于也有过人之处，他精于游戏，协调能力更强，对于这样的潜力股，我们更不能轻言放弃啊。”

见大家不相信，成卫东还特意测试了小于的技术，让大家观摩。没想到这个年轻人的驾驶操作一气呵成，其他人也不好再说什么，只能承认他有潜力，但成卫东明白：心病还需心药医。他主动找到小于开导说：“年轻人要有干劲，你如果肯花时间学习基础知识，苦练技术，以后一定会成为队里不可或缺的力量。知道我为何要让你加入技术创新小组吗？”小于摇摇头：“不知道。”成卫东告诉他：“我偏不相信，能打好游戏的人，技术会差到哪里去？游戏是你的爱好，技术是你的饭碗和荣耀，你今天就明明白白地告诉我，如果你只能选一样，是选爱好还是选饭碗和荣耀？”小于不假思索地回答：“当然是选饭碗和荣耀了，但是，成队，大家对我有成见，我能有什么办法呢？”

“谁人背后无人说，谁人背后不说人。越是这样，我们越要正视自己，改进不足，用实际行动说明一切。”

“成队，您是干出来了，自然可以这么说。但我刚刚参加工作，大家总是戴着有色眼镜看我，我很难翻身，打游戏只是一种排解压力的方式，我要是有您的平台，也不会去打游戏的。”

“你的最大问题就是不自信，还不听劝，平台是干出来的，你以为是天上掉馅饼掉下来的？不过你确实是一个非常聪明而不自知的人，我既然把你选调到技术创新小组，就是看好你的聪明才智。小于，你可不要让我失望啊……如果你让我失望，我就豁出去这个队长不当了，先进也不要了，咱们两个一起打游戏，行不行？”说完，成卫东伸出自己大拇指，坚定地递给小于。小于非常诧异地看着成卫东，迟疑了一会儿，最终也伸出了大拇指，与成卫东的拇指对在一起，像盖了一枚信任的印章。

第二天成卫东值夜班时，发现候工的小于正坐在更衣室里认真抄写着安全规程操作手册，他感到无比欣慰。此后的日子，成卫东让身边的队员多多鼓励小于，对他的进步从不吝啬表扬。小于逐渐变得自信阳光起来，他积极工作，充分利用技术创新小组的平台，迅速提升技术，果真成为队里的技术骨干。成卫东还专门让小于现身说法，让队里其他沉迷于打游戏的队友以他为荣，努力成为工作中的行家里手。他鼓励小于：“过去你和他们一样，现在你就是他们的榜样，你的话最有说服力了。你一定要像我当初对你那样不放弃，帮助他们更好地融入团队。”得到鼓励的小于拿出了自己最大的耐心和热忱，开导那些人：“天津港现在的发展形势非常需要技能型人才，为了企业，也为了我们自己，一定要抓住时机，改正自己。老话说‘浪子回头金不换’，我能改变，相信你们也能改变……为了保证灵活性，你们开拖车的时候经常带着刹车走，看似省事儿了，但是踩刹车的脚不抬起来，拐弯的时候就很危险，容易出事故。这本来是一件很简单的事儿，你们不注意就会成为习惯，以后再改就难了……大伙儿千万不要把聪明才智放在游戏上面了，要放到工作上面来，你们会觉得开车是一件很有趣的事情……”

每一次听到小于动情的表达，成卫东都会露出会心的微笑。他想，这比反复上思政课效果强多了，小于会成为一公司用环境改变人、正向激励帮助人的典型管理案例。在成卫东的带领下，小于越来越有责任心，技术水平进步也很快，连续两届荣获天津港集团“孔祥瑞杯”技能大赛拖车组冠军，后来还当上了班长，带动整个班组创先争优、佳绩连连。

第八章 劳模光环闪耀出新动能

“你相信新时代是奋斗者的时代吗？”采访中，成卫东曾这样反问道。他那一双炯炯有神的眼睛闪烁出坚毅的光芒，顷刻间给人以力量。从他的娓娓道来中，笔者能感受到，他时刻在用奉献诠释着劳动最光荣的真理。

2012年，“孔祥瑞劳模创新工作室”应时而生。当时，作为人们熟知的全国劳动模范孔祥瑞，组织实施了多项技术创新项目，用自己的成就证明了知识型产业工人的宝贵价值。成卫东在那个时候虽然已经三次获得天津市五一劳动奖章，并于2010年获得全国技术能手荣誉称号，但他还没有成为全国劳动模范，孔祥瑞的进取精神对成卫东来说是一次很大的激励。

成卫东激动地对师父马国元说：“我和您说过，成立技术创新工作室，一直以来都是我想付诸实践的事，产业工人将会越来越受到社会的尊重，也将会为企业创造更大的价值，这是一个良性循环。师父，我们的春天来了！”

“臭小子，你想在一公司成立这样的工作室，还尚需加油努力啊，师父为你的超前眼光感到骄傲，也为你捏了一把汗。当劳模，没有那么容易，需要忍受得了常人不能忍受的委屈，吃得了常人吃不了的苦啊。孔祥瑞甘于在基层一线摸爬滚打，始终秉持着拼搏向上、创新不服输的精神，不遗余力地把自己多年来的技术、经验传授给一线员工，这是值得学习的。但并不是每个人都学得了，你要学习他，首先就要成为他那样的人……”听完师父的话，成卫东深深地点了点头，感觉肩上压着千斤重担。

为了带动大家苦学技术，成卫东将生产作业现场当成了自己的办公室，每天第一个到单位，最后一个离开，下了班坚持分批次组织队员开展技术练兵，结束后再进行全天中的最后一轮安全巡视，回到家还要准备第二天的技术练兵讲义，每天忙得像陀螺。在一次技术练兵过后，成卫东对大家说：“港口的发展迫切需要技术支撑，但产业工人的队伍还普遍存在着技能素质总体不高、结构不合理、技术工人总量不足等问题。这需要我们改变传统思维，摈弃当工人没有前途的思想，坚持学用结合、拼搏奋进，充分发挥技术创新的主力军作用，为企业发展贡献更大的力量！队友们，你们有没有信心？”

“有！”洪亮的声音响起时，成卫东环顾着每一个人的表情，突然发现一位叫王强的队员显得心不在焉，于是就将王强留下来谈话。

王强先打开了话匣子：“成队，其实我更应该叫您一声‘师父’，我从 2003 年参加工作以来，是您手把手教我学技术，培养我至今，就像我的大哥哥一样，我的每一点进步都离不开您，我是打心眼儿里敬佩您的。”

“少打亲情牌啊，你心里明镜似的知道我为什么留下你，为什么不直接说原因？你的技术一向很好，但你不想努力提高自己，没有信心为企业奉献才华？你太让我失望了，不要以为你有些资历，我就不好意思说你。”成卫东边说边敲打桌子，发出“咚咚咚”的声音。

王强也不示弱，昂起脖子说：“我们上了一天的班，本来就很辛苦了，唯一的业余时间也被占去学习技术，几乎每天都披着星星回家，这样好吗？平时加班您叫我，我打过退堂鼓吗？但您不能天天如此，这是疲劳战术，会把大家的身体搞垮的。成队，您不顾家，不能让我们也顾不了家……您想当劳模可以理解，但我想要属于自己的时间

技术研发成功时，成卫东的脸上露出喜悦的笑容

并没有错啊……”

成卫东气得脸色发紫：“我真没想到你年纪轻轻会有这样的想法，你就是这样理解和你朝夕相处这么多年的‘师父’的吗？要想成为新时代技能型产业工人除了苦练技能，总结经验，还有什么捷径可走？你以为到天津港工作就一劳永逸了？设备在更新换代，知识也在持续更迭，而天津港如此重视人才，很快就会通过公开招聘、竞争上岗等方式，让一批更有激情、更有创造力的人才脱颖而出，我们不能没有危机意识啊……机会总是留给有准备的人，你今天一点一滴的努力，将会成为来日立足社会的资本，成为你做人的最大底气。如果一个人连工作的上进心都没有了，干不成什么事，还拿什么去照顾家庭？大家都顾不了，你还怎么顾小家？”

王强听后，眼含泪花地说：“成队，我能不了解您，不懂您的苦心吗？我这也是为了您啊……全公司都知道，您每天在单位巡视现场，都要走上 10 多公里的路，却很少接送您那个在上幼儿园小班的孩子。您家离单位并不远，大家都想着哪一天您会早走一回，接一次孩子，孩子那么小，正是需要父母的时候。可是您只想着工作、练兵，说要调动工人的积极性、主动性和创造性，理由很宏大，我们对此不能反驳，可是队友家里有事，您总能挤出时间，恨不得第一个冲上去。您从当班组长那会儿就是这样，把孩子一股脑儿托付给您爸妈照看。您知道您妈妈生病了吗？我上周去体检，遇到了她一个人在挂号，身边连个人都没有，就问她‘哪里不舒服，怎么就您一个人来了？’您妈妈说孩子们都忙，老伴儿在家看孩子，孩子也三天两头闹病，她只能自己来。临走时还不忘嘱咐我，记得提醒您按点吃饭，不要太劳累，还不让我告诉您她生病的事儿，怕您分心……为天津港建设高水平‘世界一流大港’、向世界一流企业迈进，确实需要提供强有力的技术支撑，您也说了很多遍，我们不是小孩子，能不懂吗？我只是想请您多抽一些时间，顾一顾家庭……”

王强越说越激动，成卫东先是呆呆地愣在那里，咬着嘴唇良久，不知道说些什么，那一刻他的内心既愧疚又焦虑。但他随即意识到自己的失态，连忙拍了拍王强的肩膀：“好，感谢‘徒弟’教育‘师父’，感谢你……但不管今天因为什么，我都希望你的工作态度再积极一些，这是为了你好。天不早了，回家吧，别让家人等太久了……”

“成队，您让我协助您抓安全生产工作，我会努力去做的……技术练兵也没有问题，请放心。您家里有什么事情，千万不要客气，我肯定第一时间顶上去……”

不等王强说完，成卫东已经归心似箭：“谢谢你，我的好兄弟！家人都需要我们，我们回家吧！”

“成队，您先回，今天我断后，替您做好安全巡查。您明天还是请一天假，带您妈妈到大医院看看病吧，别耽误了。”王强关切地嘱咐着，成卫东听后点点头。

一进家门，成卫东就从后背抱住了脸色苍白憔悴，正在给孩子倒凉白开水的母亲：“妈，您平时总是埋怨我不顾家，您就是刀子嘴豆腐心，您自己生病了也不告诉我一声，万一有个好歹可怎么办？我这就带您去大医院看看……”母亲先是一惊，而后又平静下来说：“妈妈没事，就是肠炎犯了，这阵子一直恶心、腹泻，有时腹痛得睡不着觉。已经在港口医院开了药，现在好多了。”

“那大夫怎么说？”成卫东急切地问，嗓音因为着急略带沙哑。母亲转过身，抚摸着儿子的脸颊，安慰道：“学芳已经请了假，把病历发给了市里的一家大医院，说要住院治疗。我想先吃药看看，实在不行过几天再去。还想着让你爸陪我去医院，学芳在家照顾孩子，但是孩子还不太适应幼儿园的生活，这么小送去了也总是哭，我还是再带几天吧……”

“原来全家就瞒着我一个人啊，你们还拿我当儿子吗？”

“你工作忙啊，再说你哥哥一家我也没有告诉，我生病是学芳自己发现的，又不是什么大病，干吗要兴师动众的。”这时，方学芳抱着孩子走过来为母亲帮腔：“是我不让妈跟你说的，你现在主抓公司的安全和生产，还要搞技术练兵，责任大、压力也大，实在不想让你分心啊。”

成卫东气鼓鼓地说：“我是儿子，就应该照顾妈妈。”方学芳继续说：“真是拗不过你，那白天我在医院，晚上你替我行吗？就别让爸爸熬夜了。”可是父亲听到这话又有意见了：“你们年轻人都上班去，请什么假，还不够路上折腾的时间了，我一个人带你妈住院就行，孩子就请他姥姥接送几天吧。”母亲嗔怒：“瞎指挥，我连咱家老大都不告诉，能麻烦孩子姥姥吗？我谁也不用，等孩子在幼儿园不哭闹了我再去……”

“都别吵了……”成卫东打断父母的话，“这不是小孩子过家家，有病不能拖。学芳，你给大夫打个电话，明天一早办理住院手续，白天请你费心照看妈妈，我和队友们倒几个白班，下班后去替你，晚上你得回家来哄孩子睡觉，不然孩子又要哭闹着不上幼儿园了。爸爸白天在家负责照看孩子，晚上也可以休息好，就这么定了！”成卫东拿出不容反驳的气势，迅速决定了这件事。

这之后，成卫东白天工作，下班后拖着疲惫的身躯开车一个多小时到市区医院照顾母亲。他的眼睛熬出了血丝，胡子拉碴，顾不上收拾自己，身体也消瘦了一些，但是没有耽误一天班。他把下班后的技术练兵任务交给了王强等几位骨干，还特别交代王强：“拖车水平运输路线长，司机劳动强度大、安全风险点多，你一定要记住那些工作方法，细心检查，做好记录，发现问题及时给我打电话……技术练兵这块，你性子刚烈，千万不要和小于他们闹别扭，更不能拿话激小于，要搞好团结把技术练好，真正发挥骨干的作用。”

“成队，放心吧，我一定不会让您失望的，您也要好好照顾自己啊。”

母亲出院后，成卫东来不及调整作息，立即投入紧张的技术练兵，再次亲自教授员工技术、深挖员工潜能。为了提高全队的技术水平，激发大家的参与热情，成卫东将竞技性与趣味性有效结合，设计出“拖车倒车打靶”特色技术比武活动。这项活动源于在一次技术练兵讲解中，有的队员说：“这样讲太抽象了，咱们要是有个模型就好了。”于是成卫东就向领导申请，把队里的那套“PLC 及变频器故障模拟设备”从现场卸下来，组装成小拖车模型，变成真实的工具，帮助大家提高实战技能。公司领导很痛快批准了：“这是好事，往大里说，是为了企业发展；往小里说，是为了那些没日没夜勤学苦练的弟兄们，只要是合理的要求，我们班子都支持。”成卫东感动地向领导鞠躬致谢。

但是也有老师傅打趣成卫东：“批了那么大一块技术练兵场地还不够，又要拆机器，你小子要是带不出好兵，看你将来怎么收场。”成卫东对此只是微微一笑，心想：“这是老师傅在鞭策我呢，绝不会让他们失望。”他集合技术创新小组成员，语重心长地说：“练技艺是十分必要的，机械就是我们的脚和手，技术好了手脚才能运用自如，效率才能提高，安全才能有保证。现在为了练兵，公司给了我们最大的支持，这种支持的底气来自哪里？来自我们自身！如果我们只是做一天和尚撞一天钟，领导会批准吗？当然不会！这都是我们一点一滴干出来的。但是大家也要看到，我们离精细化操作标准还有一定距离，需要继续苦练，除此没有第二条路可走。队友们，咱们不蒸馒头争口气，一定要为一公司争一口气，也要为自己争一口气，要练就练一身指哪儿打哪儿的绝技，对得起公司的培养……你们可以怀疑我，但绝不能怀疑自己，你们就是最棒的……”

话音刚落，掌声雷动。大家纷纷表示：“成队，跟着您不提高都难啊，您放心，我们会争气的。”“以后您指哪儿我们就打哪儿，绝不会辜负一公司这么好的学习氛围……”这时候，王强突然出列大声说：“成队，我们盼着您能像孔祥瑞那样，成为全国劳动模范，我们也组建一个劳模创新工作室……”

王强说完，又响起一阵热烈的掌声。成卫东感觉喉咙里有咸涩的东西在翻涌，哽咽着说：“我从没有想过要当全国劳动模范，只是想像父辈那样将一生奉献给天津港。但是我一直在想，将来一定要成立一个技术创新工作室，这样不仅能教大家学技能，还能了解天津港厚重的历史文化，天津港本身就是一部奋进的长篇史诗，我想让大家带着对天津港的感情和激情去工作。这个想法，我和我的师父说过……他马上就要退休了，他们这一代天津港人付出得比我们更多，他们的执着、坚韧和奉献，就是天津港‘精卫填海’精神，他们靠着这种精神，用手拉肩扛的方式创造了天津港发展的奇迹。现在这个接力棒已经传到我们手中，我们有责任和义务，把天津港建设得更好！只有我们自身品质过硬、技术过硬，企业才能发展得更好；只有企业发展好了，才会有我们更大的舞台，这是相辅相成的。所以从现在开始，我希望每个人都要珍惜岗位，当天津港的‘真心英雄’……”

这时，在一旁激动万分的王强第一个带头唱起来：“在我心中曾经有一个梦，要用歌声让你忘了所有的痛，灿烂星空，谁是真的英雄，平凡的人们给我最多感动……把握生命里的每一分钟，全力以赴我们心中的梦，不经历风雨怎么见彩虹，没有人能随随便便成功……”唱到尾声，大家紧紧和成卫东拥抱在一起！

在成卫东的影响带动下，天津港第一港埠有限公司的整体技术水平突飞猛进，创造了以效率换效益的奇迹，加之天津港集团注重宣传，成卫东的事迹成了一张闪亮名片，在整个港区产生了蝴蝶效应。一时间，成卫东成为人们眼中的“先进典型”，影响着更多员工干事创业，促进天津港发展厚积薄发、连创佳绩。成卫东每天都像打了鸡血一般，幸福而激情地工作着、奋斗着，每一次在报纸或者电视上看到关于天津港的报道，他都无比兴奋与自豪，逢人便讲：“天津港这艘巨轮，正平稳驶向更加蔚蓝的深海！我们必须更加努力地工作，才能做好接班人、掌舵人。”甚至，他在睡梦中都会梦见自己站在一艘巨轮上，举着深蓝色的旗帜，和博大的海天融为一体，梦着梦着就会笑醒。

成卫东也有情难自控的时候。2013 年的一天，成卫东带着一公司的技术骨干在其他公司开展技术交流观摩活动，回到公司时天色已晚，他的办公桌上放着一封没有邮戳的信，那是马国元退休回家，不忍看到离别的场景，而悄悄在离开公司前，给成卫东留下的信。信中字字句句表达了马国元对天津港的依依不舍之情，其中提到：“我没有什么文化，是天津港给了我饭碗和学本领的平台，我深感荣幸，更为荣幸的是带出了这么多优秀的徒弟，师父我这辈子的职业生涯已经无憾了……你们千万不要伤感，‘世界是你们的，也是我们的，但是归根结底是你们的’。师父是多么羡慕你们这一代人啊，赶上了经济繁荣发展时期，有了更好的机遇、更大的平台，以提升自己、奉献天津港。师父虽然老了，但会一直关注你们，关注天津港的未来。卫东，叫了你这么多年的‘臭小子’，其实你在师父的心中一直很‘香’，师父以你为荣。在没有师父的日子里，你一定要更加坚强，做到身处高峰不骄不躁，身处低谷不卑不亢，要好好工作，好好带徒弟，更快地成长起来。别忘了你还欠着师父、欠着天津港一个‘全国劳动模范’，师父在家中等着……”

成卫东拿着信纸的手不停颤抖，眼泪“吧嗒吧嗒”掉下，打湿了字迹。师父马国元教他学习技能的一切过往，像过电影一样在脑海中放映，他感觉自己的身心都被掏空了。没有想到师父会以这种方式离开天津港，这个被师父寄予了一生梦想的地方，因为爱之深切，所以选择放弃了谢幕的鲜花和掌声……

此后，成卫东每逢年节都会去看望马国元，说说工作上的事儿、天津港里的事儿，马国元听着听着，眼睛里就会涌出无限的光芒。成卫东明白，马国元他们这一代人是为天津港而生的，他觉得自己也是，他所能为师父做的，就是努力工作，为天津港实现自己最大的价值。

第九章 劳模创新工作室里走出铁军队伍

风顺正是扬帆时，开拓创新潮头立。2011 年到 2014 年，成卫东乘着天津港改革之东风，实现了职业生涯的蝶变，先后以优异的工作成绩斩获“全国技术能手”“天津市敬业奉献道德模范”“天津市杰出最美青工”“全国百姓学习之星”“全国青年岗位能手”等各个层级的不同荣誉 29 项。2013 年，他因为表现突出，首次当选为天津市第十六届人大代表，并在之后的 2018 年、2023 年得到连任。2015 年 4 月，他的职业生涯进入高光时刻——荣获全国劳动模范

2015 年 4 月 28 日，成卫东参加庆祝“五一”国际劳动节暨表彰全国劳动模范和先进工作者大会时在人民大会堂前留影

称号！

2015年4月28日，庆祝“五一”国际劳动节暨表彰全国劳动模范和先进工作者大会在北京人民大会堂举行。中共中央总书记、国家主席、中央军委主席习近平发表重要讲话。2968名全国劳动模范和全国先进工作者接受表彰，成卫东成为其中光荣的一员。他永远不会忘记走进人民大会堂的神圣时刻。就在国歌响起的时候，成卫东热血

成卫东（右一）以孔祥瑞（中）为学习榜样

沸腾，心潮澎湃，仿佛看到了波涛汹涌的大海上，一只精卫鸟正在以填海之势搏击风浪……

彼时，天津钢管公司的李刚作为天津市全国劳动模范的代表上台接受颁奖，成卫东投去羡慕的眼光，鼓掌鼓得双手生疼，心想："这对一名天天和设备、程序打交道的产业工人来说，真是至高无上的荣誉！同样作为产业工人的我，一定要向他学习，力争成为全市乃至全国产业工人的优秀代表！"

习近平总书记的讲话，让他的这种激昂情绪更加高涨起来，他飞速记着笔记，生怕遗漏精彩内容。尽管成卫东平时经常学习总书记的讲话，但是现场聆听还是第一次，他那剧烈跳动的心脏仿佛就要跳出嗓子眼儿。晚上回到宾馆，他依然激动得睡不着，感慨万千地想着，习近平总书记多次在不同场合强调要崇尚劳动、尊重劳动者，号召全社会大力弘扬劳模精神，让诚实劳动、勤勉工作蔚然成风，这已经很让他们这些基层劳动者感动了；在表彰讲话中，总书记又着重指出："三百六十行，行行出状元。任何一名劳动者，要想在百舸争流、千帆竞发的洪流中勇立潮头，在不进则退、不强则弱的竞争中赢得优势，在报效祖国、服务人民的人生中有所作为，就要孜孜不倦学习、勤勉奋发干事。”他的心里就更激动了，于是爬起身，把这句话工工整整抄在了本子上，细细体味。

这时门铃响起，作为特邀嘉宾出席表彰大会的孔祥瑞出现在成卫东的门前。开会这几天，孔祥瑞作为天津港集团此前的全国劳动模范代表，已向成卫东逐一介绍了天津市出席会议的全国劳动模范，并认真讲解了他们的事迹，令成卫东分外感动。那天，孔祥瑞再次体验到自己当全国劳动模范时的心境，也非常激动，同理心涌上来，就想为成卫东打打气：“习近平总书记的讲话多好啊，各行各业都有杰出的人才，无论从事什么行业，只要热爱本职工作、勤奋努力干事，都能做出优异成绩。卫东，你赶上了更好时候，一定要加油干啊，路还长着呢……”

“孔队，您说话真像我师父，他也是这么说的。”

“是吗？哈哈，我们这一代人大概都这么讲话吧，这是天津港老师傅们的通病，见到有潜质的青年员工就没完没了嘱咐。”孔祥瑞爽朗地笑起来。

成卫东也跟着笑：“我听着特别舒服呢，感觉您更亲切了。”

孔祥瑞话锋一转，接着说：“我当全国劳模的时候，也和你一样激动，激动得睡不着觉啊。但我同时又感觉到身上的担子更重了，一日当劳模，当终身做表率！我就天天想着怎么做这个表率，怎么做能对得起这个称谓，后来我终于总结出一条经验：工人有知识有技能，才会有力量！这是我在一线奋斗40多年得出的真谛，今天把它送给你……人工智能时代已经来临，同样需要我们蓝领工人，需要我们学会操作、养护更多的智能设备，把我们的动手能力、技术水平提升到新的高度，这是时代对我们的要求啊。卫东，你是党员、是职工代表、如今又是全国劳模，更加要扎根港口生产一线，打造一支有智慧、有技术、能发明、会创新的‘铁军团队’，方能对得起这沉甸甸的荣誉！”

成卫东激动地抓住孔祥瑞的手：“孔队……”

孔祥瑞也握着成卫东的手。两代全国劳动模范的手就这样紧紧握在一起，像搭建了一座奋进之桥、传承之桥。孔祥瑞离开房间后，成卫东依然睡不着，突然想到晚饭时和他汇报安全工作的王强，总有嘱咐不完的话、操不完的心。也难怪，拖车队110名队友、34辆拖车、200多部拖板，任何一个环节出了问题，都会影响生产甚至酿成大祸，安全生产工作任务繁重，每次出门都让成卫东很悬心。

于是成卫东就不再休息，他打开笔记本电脑回顾自己多年来对安全生产工作的经验心得，针对生产和安全的变化规律，总结出“三必知”“三必谈”“五嘱咐”工作方法——“三必知”：知员工个性、爱好、家庭情况及当前思想状态；知当前影响现场生产作业的因素及薄弱环节；知安全生产的预防措施和管控方法。“三必谈”：找经验丰富的骨干谈经验方法，做好传、帮、带，做到经验共享，共同提高安全意识和操作技能；找事故多发的员工谈改进

成卫东（右一）协助司机排查安全隐患

方法，帮助其分析原因，查找问题，制定措施，促进其真正认识安全工作的重要性；找思想变化大、情绪有波动的员工谈心，及时给予思想上的开导、生活上的关心、经济上的援助，帮助其排忧解难，保证专心致志地搞好安全生产工作。“五嘱咐”上班前注意观察，发现情绪异常的员工，进行单独嘱咐；现场巡查中不厌其烦地嘱咐员工提高安全意识，严格遵守安全规章制度；下班后嘱咐员工要注意休息好，保持良好精神状态；家访时嘱咐家属多吹吹安全风，多敲敲安全钟；工作中嘱咐生产骨干多注意身边人、身边事，做好安全监督。

总结完这些，已经快天亮了，成卫东通过电子邮箱发送给王强，怕打扰他休息，在吃早餐时才给王强打电话。这个举动让王强很感动，在未来的日子里，王强每每想起此事，便会动情地说：“成队开会期间一直心系工作，为了保障安全生产，占用休息时间总结工作方法。看到他发送邮件的时间，我瞬间懂得了成队是用‘心’、用‘爱’在工作啊，他的成功是必然的……这让我受益匪浅，为我今后的进步打下了坚实基础，我将永远感恩成队的培养！”

成卫东成为全国劳动模范，赴京接受表彰的消息振奋了天津港百里港湾，大家由衷为成卫东感到高兴，特别是天津港第一港埠有限公司上下备受鼓舞。一公司领导亲自打电话祝贺他，本想用好“全国劳动模范”这张名片，在一公司召开全体会议通报，号召全员以成卫东为榜样，做好本职工作。这一打算却被成卫东回绝了，因为他始终铭记着师父马国元的谆谆教导——“身处高峰不骄不躁，身处低谷不卑不亢”。他觉得这份来之不易的荣誉，应该属于那些和他一起奋战在一线，为公司发展洒下无数热汗的技术骨干、业务标兵等全体干部员工。他认为自己只是他们中的一员，荣誉应该属于公司全体干部员工。

参加完表彰大会回津后的成卫东，发现身边竟是一片夸赞之声，特别是一些老师傅对他越来越恭敬，切磋技术时也不再像过去那样高声大嚷争得面红耳赤，这让成卫东很不适应——怎么去了一趟北京都变了呢？所以他有意识地回避这件事，更不同意别人拿自己和孔祥瑞比较，总是抱着十二分的谦逊态度去反驳：“千万不要这么比，我和孔祥瑞相差太远啦。他在一线奋斗40多年，实施了220多项技术创新项目，获得16项国家专利，为天津港创造经济效益超亿元，他永远是我奋斗的标杆，学习的榜样，他才是天津港的‘真心英雄’啊！”

看到这样的成卫东，领导对他说：“卫东啊，天津港集团推出‘劳模大讲堂’，每年组织一届‘孔祥瑞杯’技能大赛，为的是什么呀？就是要让更多像孔祥瑞这样的‘蓝领专家’涌现出来，作为新时代产业工人的标杆，带领大家开展技术攻关、做好人才培养，为企业创效，真正把天津港建设成为高水平的世界一流大港。只有一个‘孔祥瑞’是不够的，只有一个‘成卫东’也是不够的。集团既然推选了你，不仅是对你工作的认可和激励，更是要让

成卫东（左一）现场为徒弟讲解操作要领

你发挥劳模作用啊，而且你还是一名共产党员，不仅要为咱们工人做表率，也要为全体党员做表率。你过分谦虚，大家还怎么更好地走近你、了解你、学习你啊。”

这让成卫东也同样想起了孔祥瑞的话，不好意思地用手搓着衣襟说：“我懂了，领导，我一定不辜负组织的期望，好好做表率。下次您让我做什么，我一定不再推辞。只是不太习惯被夸赞，怕自己膨胀了。”

领导望着成卫东憋得通红的面颊，笑出了声：“你不要一说成绩，一听夸奖就扭扭捏捏的，这不是咱天津港爷们儿的做派。希望你练好自己的口才，今后是要经常做工作汇报的，你要把劳模的思想、热忱和激情都表达出来，感染更多的人成长进步，这也是你作为劳模的使命啊……”

“我记住了，感谢您的良苦用心……”

“好，我相信你，去努力做好这些吧。”

成卫东此时却突然像换了一个人，声音也高了八度：“报告领导，我还有一个想法，请您批准。”

领导放下手中的茶杯：“准了。”

“啊？您还没问什么事呢？”

“你还能有什么事，除了工作，什么事还能提起你的兴致？”

成卫东（左一）在现场和同事们开展技术创新研发

成卫东抓了抓头发，嘿嘿笑起来。原来，成卫东早就憋着劲儿要找机会和领导提了，他想把梦想多年的“劳模创新工作室”建立起来。这回领导不等他提，主动就问：“是建立劳模创新工作室，对吗？”

成卫东惊讶地瞪大眼睛：“您怎么知道是这件事？”

“你接受表彰的那一天，你师父就给我打电话了，替你小子说过啦……”

“领导，师父一直关心我，关心着企业，这也是天津港一名老师傅、老职工的心愿啊。”成卫东非常感慨地说。

领导拉过成卫东的手：“你看，你这手上全是老茧啊，人心都是肉长的，我能不知道你们的辛苦吗？过去你们的技术练兵场地确实简陋了一些，还有你们自发组织的那个技术创新小组也没有个固定活动的地方，让你们受了一些委屈，但我们心里都记着呢。一公司的条件有限，场地也很紧张，你们要理解。现在为了一公司的发展，为了劳模精神能够影响到更多的人，我们已经向集团申请，把咱们一公司那块羽毛球场地改建成‘成卫东劳模创新工作室’了，集团对此非常支持。卫东，这个消息够振奋吧？”

成卫东按捺不住地兴奋，声音激动地颤抖着：“真是振奋人心的好消息啊，那个地方够宽敞，除了学习切磋技

成卫东劳模创新工作室主展板

术，还可以建立一个党建阵地和企业文化展示阵地，激励员工爱企爱岗，建功立业。只是大家的运动场所没有了，会不会有不同意见的？”

领导呵呵笑了起来：“你可真是个憨憨小子，孰轻孰重啊。你们队里还有个足球队呢，平时在哪里踢啊？难不成把足球场也搬到一公司，那就更装不开了。创新工作室是让大家成长成才的平台，比什么都重要啊。集团的要求是，要以‘成卫东劳模创新工作室’为平台，以打造一流的创新创效基地、一流的技术传承基地、一流的人才培养基地‘三个一流’为目标，带领身边的同志们不断学习，不断创新，向着更高的台阶迈进！”

“太好了领导！还是集团和公司站位高、想得远，我一定不负厚望，全力以赴用好劳模创新工作室这个平台，为港口和企业转型升级、提质增效争当先锋、勇当猛将。”

以成卫东名字命名的“劳模创新工作室”建成后，迅速成立了以一公司党委书记、总经理为组长，副书记、副总经理为副组长的工作室领导小组，由成卫东担任工作组组长，抓具体工作，这一组织机制有力保障了工作室各项工作顺利开展。承接新使命的成卫东，注重做好工作室的软件和硬件提升。在软件方面，他以技术攻关、技术创新、人才培养为主要方向，先后吸纳了高级工程师、高级技师和技术骨干等优秀人才20名，也包括之前成立的技术创新小组骨干成员，通过技术讲座、导师带徒、现场指导、岗位练兵、技能比武等，迅速在一公司形成了比、学、赶、帮、超的良好氛围，有力提高了员工们的业务理论和技能水平；在硬件方面，他每年向公司申请投入成本，逐步购置了现场作业模型沙盘、门机模拟器演示屏幕、笔记本电脑等设施。他还组织工作室成员自己动手，模拟完善拖车技能大赛演示模型，进一步丰富了工作室的技术创新载体。他用全部热忱深耕着工作室这片创新热土，始终坚守着一张蓝图绘到底的初心！

劳模创新工作室组建之初，成卫东时刻做好身份转换。作为一公司拖头队党支部的组织委员和优秀共产党员，他积极配合公司在劳模创新工作室建立“党员活动阵地”，以“一名党员一面旗”等要求为目标，建章立制，先后完善了《工作例会制度》《学习研讨制度》《培训培养制度》《考核奖励制度》《档案管理制度》，引导党员做到思想作风过硬、能力水平过硬，更好地发挥先锋模范作用、示范引领作用，攻坚克难、奉献企业。作为一名技能型管理者，成卫东不断发挥工作室的人才优势，针对公司生产频繁出现

天津港第一港埠有限公司现场生产局部沙盘

人员不足的问题，有针对性地培育出能驾驭多种车型的优秀员工，每年组织全体员工开展技能培训60余次，座谈研讨、技术比武竞赛活动近40次，培训技术人才200余人，以满足公司合理调配各工种人员，为一公司高质量发展提供了强有力的智力和技术支撑。

同时，成卫东作为车间工会主席，还十分注重传承。他把之前设计的“拖车倒车打靶”特色技术比武活动通过劳模创新工作室进一步延续下来，成为队里的传统项目，并不断增加技术难度等级。他还把技术创新小组和车间小课堂合二为一延续下来，搬到创新工作室，成为他们固定活动的场所，并将过去编制的学习教材重新分类，陆续总结出更为系统的机务系统机车检查、交接班、现场操作等十余项SOP标准化流程制作，将经验技能、量化参数指标等形成统一标准，形成了相关岗位安全高效作业指导书。为此，他时常收集各工种现场作业的先进操作方法，与团队成员们共同参与了天津港集团内燃机、起重机等多个工种技能培训教材的编写，有力助推了基层一线各项技术的传承与发扬。

一公司领导看到成卫东带领着创新工作室核心技术人员呕心沥血研究技术的忙碌身影时，心中纵然再心疼，嘴上也依然不忘鼓励敲打他们：“是骡子是马，终究是要拉出来遛一遛的，你们光是这么研究可不行，得出技术改革项目啊。”成卫东憨憨地笑着答道：“请领导放心，磨刀不误砍柴工嘛，现在条件好了，我们没有理由不出成绩。”

果不其然，成卫东在一次拖板轮系维修环节中，发现了故障轮组分解时间长、危险性高、工作强度大的问题，他找来几名员工了解情况，得知大家对此颇有意见，就立即找来工作室的技术团队进行研究，迅速立项。他们翻阅了大量书籍，应用刚学习掌握的金属材料属性知识，通过技术改造，用机力代替人力，仅仅用了不到两天的时间，就制作出“轮组分解压盘装置”，由原来分解一套轮组用30分钟，缩减为10分钟，大大提高了工作效率。在这么短的时间内，完成这么重要的技术改革，被一公司传为佳话。但是很少有人知道，在这两天时间里，成卫东不眠不休学习和试验，头发大量脱落，双目熬成了熊猫眼，他觉得只要能够解决问题，再辛苦也值得。

从此以后，成卫东带领团队越战越勇，不断立项新的技术改革。2018年，公司领导找到了成卫东，说一公司正在和兄弟单位整合，生产经营面临着很大困难，怕影响员工们的斗志，希望成卫东借助“孔祥瑞杯”职业技能大赛

成卫东劳模创新工作室荣誉柜

的契机进一步提升技能，为公司争得荣誉，重整旗鼓。成卫东斩钉截铁地表态道：“领导，您放心吧，我们与企业同呼吸共命运，企业好了，我们才能好，技术练兵绝对不会松懈的。而且我和队友们也作了一些分析，公司的困难是暂时的，既有全港受限‘汽运煤停运’政策影响，造成干散货吞吐量下滑的外部原因，也有业务整合、人员合并的诸多内部问题。总之，这符合企业成长生命周期曲线图，我们依然对企业充满信心！”领导点了点头，欣慰地赞许道：“看来，你们在劳模创新工作室学习了很多新东西啊，把企业成长周期也分析得头头是道，这很好，新时期产业工人就应该是复合型人才！”

领导的交代，让成卫东更加重视这次比赛。在开展技术练兵的第一天，成卫东对大家说：“养兵千日，用兵一时，为天津港第一港埠有限公司争得荣誉的时刻到了……”话没说完，大家齐刷刷举起已经做好的布标，高呼道：“劳模精神剑锋指，一公司所向披靡争第一！指哪儿打哪儿！”听得成卫东汗毛都支棱起来，心里既惊愕又感动。他没有想到队友会给自己这样的惊喜，但是嘴上还不能夸奖他们：“做啦啦队你们肯定能争第一，但我要的是比赛成绩，不要把心思花在这上面，要是夺不了第一，

成卫东指挥技术比武现场

你们有什么颜面打着‘劳模精神’的标语啊，都给我听指令，马上训练，不要嘻嘻哈哈！”

成卫东每天以正式比赛的标准反复做着模拟训练——比赛开始，队友们驾驶拖车绕过各种障碍物之后，90度角倒车入库，并将焊接在拖板尾端的钢管打入距离司机20米远、直径只有15厘米的铁圈内，这对操作精准度要求非常高。成卫东还专门把可乐听装瓶三个一组叠放摆在拖板上，队友只要刹车稍微踩重一点，可乐瓶就会倾倒，用来考验队友操作的平稳性。在此基础上，为了进一步做到好中选优，他还限定了选手在比武过程中的刹车次数，要求选手们操作更加精准，运行更加流畅。这个消息很快传到了同样参加比赛的对手公司耳中，他们也学着一公司的样子做模拟比赛训练。成卫东知道后，开始暗中较劲。在一次练习时，王强等几位技术骨干突然明显发现技术难度增大了，原来是被成卫东偷偷做了手脚，集团比赛的规定是3.8米，他把这个距离缩短为3.6米。这小小的0.2米，使操作难度陡增。成卫东就是靠着这一分一毫的“计策”，帮助徒弟王强赢得了2018年“孔祥瑞杯”职业技能大赛的冠军。

对此，对手公司的参赛人员十分不服气，认为他们就

技术比武现场

天津港第十六届“孔祥瑞杯”职业技能竞赛获奖选手合影

是运气好，其实技术都差不多，技术练兵也都是一样的方式，下次比赛一定能超过一公司。这时候，成卫东才把这个小秘密告诉大家，队友们恍然大悟，都感动于他的良苦用心："这次比赛，对手确实很强大，越是这样，越证明我们的提升空间还很大啊。我们要将最严苛的训练标准坚持下去，争取来年还能夺魁！"

就这样，成卫东不仅延续了3.6米的练车距离，还将"倒板打靶"技术再一次升级，将射击棒由焊在拖车尾部改为拖板尾部，靶盘距离也由7米增至20米，更加贴合生产作业实际情况，进一步实现了员工精细化精准化操作。通过不断的实践锻炼培养，一公司很快涌现出一批公认的"倒车王""安全王""高产王"等王牌技术骨干。他们在2020年和2022年包揽了"孔祥瑞杯"职业技能大赛拖车组的前六名。人人都在称赞成卫东劳模创新工作室培养出的员工连续夺得大赛吊车、叉车、维修等多个工种的冠军，20余人次获奖，但成卫东并没有丝毫的自满和懈怠，他立志要为天津港培养出在全国港口都叫得响的王牌司机，让这支铁军队伍的名号越叫越响！

第十章

重要指示指引新方向，注入新活力

2019年1月17日，是天津港一个极为不平凡的日子——习近平总书记亲临天津港视察，留下了“要志在万里，努力打造世界一流的绿色港口、智慧港口，更好服务京津冀协同发展和共建‘一带一路’”的重要指示。企业未来发展的宏伟蓝图不仅让成卫东心潮澎湃，更让他找到了新的工作方向，他深刻感受到：时代呼唤担当，天津港将不负期许。他万分感慨地在笔记本中写道：“天津港蓬勃兴盛凝聚了无数个产业工人的智慧与奉献，作为一名劳模先进，一名新时代的产业工人，在天津港转型升级的进程中，我既有压力，又有动力。我一定牢记总书记的殷切嘱托，志在万里，勇攀高峰，继续学习新知识，掌握新本领，练就过硬技能，书写产业工人新时代的壮丽篇章！”

当时，企业适时提出了“建强本质安全体系、打造绿色发展模式”的工作思路。仅就“建强本质安全体系”这一条来说，成卫东就付出了大量努力。作为安全生产副队长，他每年都要组织安全培训教育、应急演练和安全考试，培训教育员工达4000余人次。在学习了习近平总书记的重要指示后，他觉得这样做还远远不够，觉得安全生产工作是企业管理的重点，是企业发展的根本保证，最欠缺的一项工作就是氛围的引领。于是他将工作进一步升级，提出了开展队领导带队抽查安全隐患的建议，而且抽查的时间并不确定。这种情况一般都是发生在迎接上级检查或者完成某一阶段性的重要任务上，而将其作为日常工作，无疑增加了队领导的工作量，有人认为这样做没有必要，太较真了。成卫东则认为，随着港口的发展、设备的升级，安全风险点也不再是过去的老样子了，不能用老眼光来衡量，应该构建“大安全”格局，建立安全常态化机制。他为大家举例子：容易出交通事故的为什么总是老司机？因

成卫东（中）在与同事们交流

为他们的开车方式已经模式化，容易过度自信和放松，而这样往往更容易出问题。我们开展安全培训只能从思想和操作方面提升员工，掌握了知识但不一定会使用，也不一定会改变坏的习惯，只有氛围的营造、习惯的养成，才能潜移默化从根源上杜绝隐患。队领导带队抽查工作一旦成为常态，员工心中的“安全”这根弦将不会放松，时间久了也会成为一种模式，从而有效杜绝安全工作中“松一阵紧一阵”的问题。最终，队领导被他说服。队领导除了挂帅检查安全，还会定期召开安全生产工作分析会，及时排除安全隐患，由此全面促进了一公司安全生态的形成，助推了高效生产。

令成卫东更为欣喜的是，天津港集团聚焦创新驱动，提出了“打造世界一流智慧港口”的发展目标，着力打造以质为先、效率至上、创新引领的世界一流智慧港口。这让他想到了自己儿时的梦想——那个时候，他和父亲徜徉在蔚蓝的海岸线，成卫东奶声奶气地对父亲说：“爸爸，我的梦想是蓝色的，像天空一样。您的梦想是什么颜色的？”父亲告诉他：“爸爸不知道，但是爸爸只要看到集装箱和蓝色的海岸线，就会有无限的动力。”“知道了，爸爸。我的梦想就是让工人干活不那么累，还能把港口建设得更好……”这些对话清晰地浮现在成卫东的脑海里，他用手托住两腮，进入了蔚蓝的遐想：梦想终于要实现了！

那一天，成卫东特意早走了一会儿去接儿子成泽铭放学，带他去了港口装卸码头，沿着2006年开始建设的东疆港码头线瞭望工人们作业。已经10岁的成泽铭拉着成卫东的手，说爷爷也经常带他来这里。成卫东的内心被触动了：“爷爷都跟你说什么了？”

“爷爷说，由北疆港区、南疆港区，到现在的东疆港区连在一起，就是一片通往天下的海港，这是爸爸小时候说的，要把‘工’字写在‘人’上，变成一个‘天’。爸爸，您是要做天那么高的工匠吗？”

成卫东被儿子逗笑了：“你还知道‘工匠’这个词儿啊。”

“爸爸，你小看人，电视上经常说‘大国工匠’呢。我觉得你和爷爷都是工匠。”

乍听儿子这么一说，成卫东激动得想抱起儿子，却发现儿子又长高变重了：“爸爸连你都快抱不动了，怎么可能成为‘天’那么高的工匠呢？爸爸和爷爷还达不到工匠的水平呢，但是爸爸的第二个梦想就是当工匠。”

“爸爸，当工匠有那么好吗？会不会很辛苦啊，妈妈

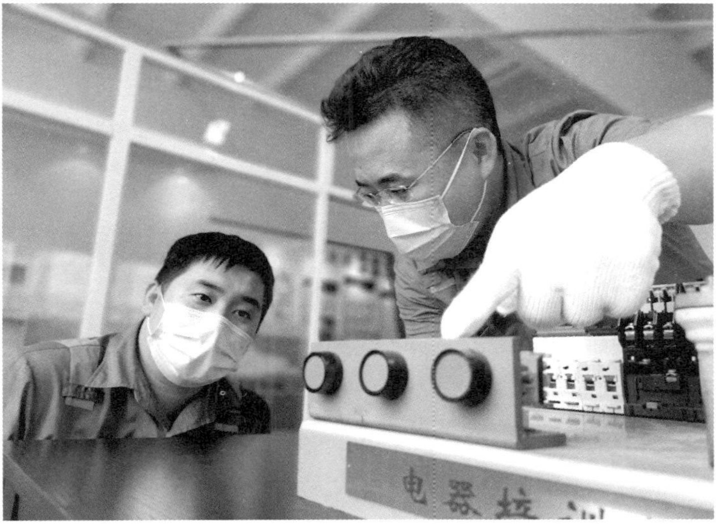

成卫东（右）在开展“一刻钟小课堂”教学

就说全家人属您最辛苦。”

“当工匠当然好了，那是用智慧和汗水铸就的荣光啊。爸爸小时候的梦想就是为了辛勤劳作的码头工人们干活不那么累，盼到了四十岁，终于盼到了智能港口时代的来临，你看……”成卫东用手指向远方的作业场景，“过去这样的工作，可是靠苦力来完成的。儿子，你要记住这塔吊纵横的景象，台远控岸桥、自动化场桥、智慧型引导运输车在码头有序运行，可提供港口装卸服务涵盖集装箱、铁矿石、有色矿、油品、钢材、煤炭、焦炭、汽车、粮食、化肥、设备以及其他杂货等12大货类，这在以前是根本不敢想象的事啊。你要好好学习，掌握更多更先进的技术，将来要为建设港口、建设祖国贡献更大的才智。”

“爸爸，我也想当工匠，当一个现代化的工匠，将来让大家工作更轻松！”

“儿子太棒了，爸爸可等着你呢。既然你的理想那么大，就先说说这次考试得了多少分吧！”

“哎呀爸爸，家长会您是从来不去的，就不要过问这等小事儿了，有我妈妈关注就够了。”

“我和你妈妈只是分工不同，你的学习成绩必须要关注啊。你考不好还谈什么理想？”

“谁说我考不好了，我在跟您谈理想，这么高大上的话题，您却问我分数，天下家长怎么都是一个样，天天唠叨这点事。”成卫东用手指戳着成泽铭的脑门儿：“如果你学习不好，再大的理想也是空谈。如果没有过去的‘手拉肩扛’，哪有现在的‘现代化作业’？一屋不扫，何以扫天下？所以得好好读书。”

“爸爸，我又没有见过爷爷他们‘手拉肩扛’怎么会知道呢？您这个比喻不恰当，但是我考试的分数可门门是优秀哦……”

“是吗，我就知道我儿子最聪明了！”

“爸爸，你来追我，追上我就告诉你……”

金色的夕阳洒下，笼罩在奔跑的父子二人身上，两排鸥鸟飞过，远远望去像个移动的“人”字，加上父子俩的笑声、隐隐的涛声，仿佛这就是一个通往天下的港，通往蔚蓝的远方……

从第二天上工开始，成卫东做了两件事：一件事是向领导提议通过“成卫东劳模创新工作室”平台，让更多青年员工学习天津港历史、天津港企业文化，进一步发挥打造一流的创新创效基地、一流的技术传承基地、一流的人才培养基地作用。成卫东认为铭记历史方能继往开来，这是人才培养工作的重要一环，并广泛发动天津港老员工讲过去企业生产生活的点滴故事，定期开展文化宣讲，凝聚员工知港爱港敬港，努力为天津港奉献力量的精气神。另一件事是召集队友开会，开门见山地指出：“习近平总书记亲临视察，为天津港发展注入了强大的政治动力、精神动力、工作动力。总书记提出的‘努力打造世界一流智慧港

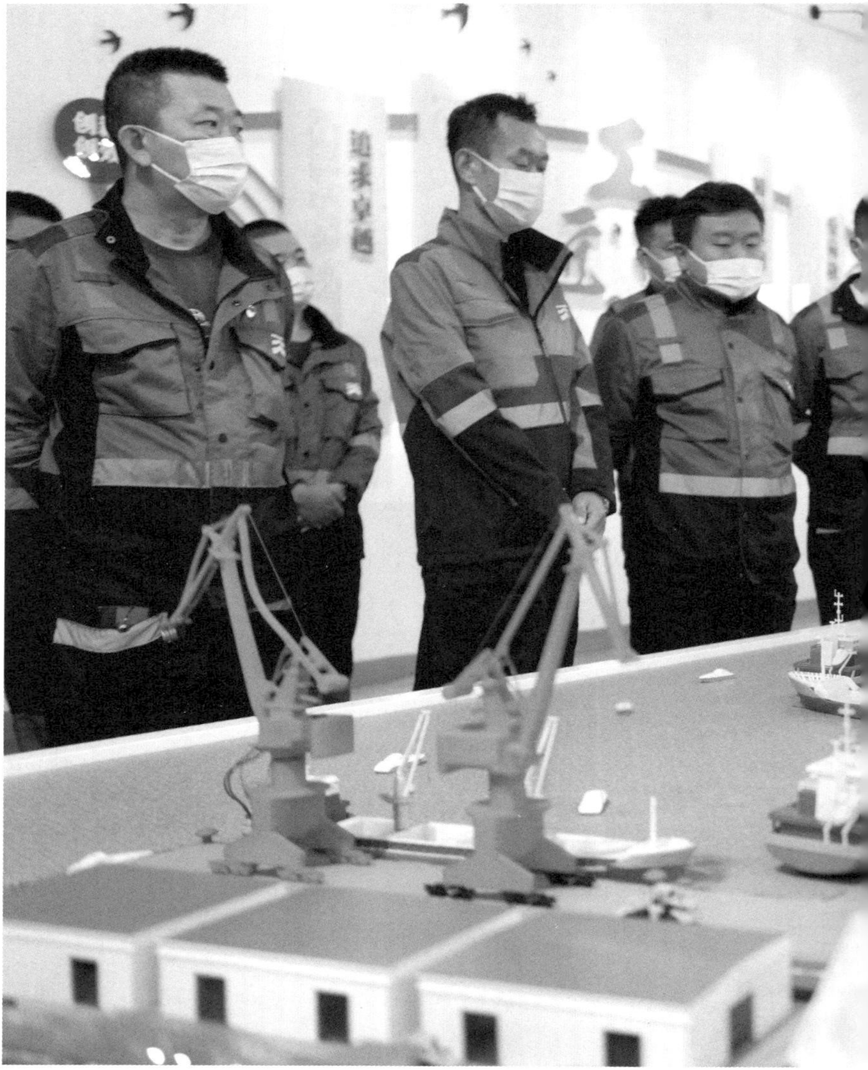

成卫东（右一）在『成卫东劳模创新工作室』为同事们宣讲『三个精神』

口、绿色港口目标’，就是天津港未来发展的方向。为此，集团提出了建强劳模创新工作室，凝聚力量开展原创性引领性科技攻关的发展方向。作为产业工人，我们赶上了好的时代、好的发展时期，更要深刻地认识到中国式现代化离不开产业工人的现代化。所以我们从现在开始，就要认真思考这样一个问题：‘如何成为新时代的产业工人，满足时代发展的需要？’对此，我的回答是：唯有不断学习新知识，掌握新本领，努力将前沿科技应用到实际的工作中！这看似是一个老生常谈的问题，但因为所处的时代不同，被赋予的意义也大不一样。我们要以全新的姿态迎接挑战，做到心中有梦想、手上有绝技、肩上有重担、脚下有方向，这就是咱们新时代产业工人应有的风貌……”

话音刚落，小于激动地说：“同事们，我过去沉迷于电子游戏，是成队做我的引路者，让我走向人生的正轨。长这么大，我最信服的人就是成队了。他不仅是我们的领导，更是我们的贵人啊，他让我们看到了产业工人的未来，找到了自己的梦想。今天我就在这里表个态，我要跟着成队踏踏实实学技术，争取获得下一届‘孔祥瑞杯’职业技能大赛的冠军。”

“哇！”大家开始热烈地赞叹和鼓掌，个别调皮的队友甚至开起了玩笑：“不会是吹牛吧，现在的对手可是越来越厉害啊。”

成卫东欣慰地看着小于：“你既然当着这么多人的面儿表了态，我们可就要看你的行动了！”

小于当场表态道：“君子一言，驷马难追，我既然说了就会尽最大努力实现，我可不当逃兵，不当胆小鬼！”在小于的带动下，大家纷纷表达了自身继续苦学技能的决心。

散会了，小于依然不肯走，挽着成卫东的手臂说：“成队，您刚才说的要努力将前沿技能应用到实际工作中，我特别赞同。我想老师傅们多年积累了很多经验做法，我们可以总结提炼一下，看哪个方法更好，让新员工‘开门创新’，通过练习快速掌握技能，这要比看资料、听理论更实际一些。”成卫东满心欢喜地看着小于：“小于，你的进步真是不小啊，都开始思考怎么做好‘传帮带’了，好样儿的，师父以你为荣！”

“您说得我都不好意思了，我就是看您太忙，不知道怎么帮您分担。”

“你现在还打游戏吗？”

“成队啊，您真是哪壶不开提哪壶，我早就不打了，现在除了工作，我所有心思就是苦练技术，您就是我的主心骨，我得给您做劲啊！”

“你这是给企业做劲，看来你的觉悟没有上升到一定高度啊。不过今天会上你是真够敢说的，万一得不了冠军怎么办？”

“我的师父啊，我的成队，我得逼我自己一把啊，没有压力就没有动力。当初您也是顶着很大压力参加比赛、

2022 年成卫东的徒弟包揽十八届“孔祥瑞杯”职业技能大赛前六名

做技术改革的，这点压力和您当初能比吗？”

“小于，你还真是成熟了好些呢，懂得思考怎么干好工作了。师父相信你，就像当初相信你能戒掉游戏成为技术骨干一样。世上无难事，只怕有心人！让我们一起努力！”师徒二人再一次合对大拇指，盖下了第二枚信任的印章、承诺的印章——这是他们特有的交流方式！

此后，成卫东利用网络平台开辟了“技术微课”“一刻钟小课堂”等崭新的教学模式，主要是为了弥补在技术讲座、导师带徒、现场指导、岗位练兵方面所发现的难点问题，随时随地补充知识盲点，实现技术传承。同时，为了进一步让员工走出理论知识的束缚，在不足400平方米的创新工作室里，成卫东花费大量心血设计了众智空间和成果转化展示室，逐步添加了“内窥镜仪”“PLC及变频器故障模拟设备”“演示交互屏幕”等先进实训设备。为了仿真效果更加强烈，后来还添设了“3D打印机”，精心制作小模型，以便于带领新员工更有针对性、更直接地学习技能，感受技术创新为企业、为生活带来的发展变化。成卫东还带领工作室成员组织开展各类技能培训、技术交流活动，为开展技术创新奠定了坚实的基础。每年开展技能培训不少于30次，开展技术创新不少于10项，开展各类宣讲不少于20场，团结和动员广大员工积极投身创新实践，加快形成人人敢创新、人人会创新、人人善创新的良好局面。截至目前，以“成卫东劳模创新工作室”为平台，累计开展技术创新200余项，其中40余项获得了国家实用新型专利，创造经济效益6000余万元，为智慧港口建设作出了积极贡献。

劳模创新工作室的作用进一步发挥，示范引领、集智创新、协同攻关、传承技能、培育精神等作用越来越强。2020年，一场突如其来的新冠疫情肆虐中华大地，即使在这种情况下，成卫东依然投入了百分之百的工作激情。为解决船舶散装粮食作业取样难的问题，他带领团队成员不眠不休地研究解决方案，付出了艰辛的努力，终于成功研发出国内首个散粮全自动取样设备，通过感应系统、取料系统、储料系统、主控系统等四大智能系统，实现了进口散粮取样全自动、全封闭、无人值守的作业模式，为港口增产增效再添新绩。

而就在这一年，成卫东的徒弟小于也不负众望，兑现了承诺，获得了2020年度“孔祥瑞杯”职业技能大赛的冠军。他兴冲冲地将奖杯交给成卫东：“成队，这个奖杯应该交给您，这段时间您太不容易了……”成卫东激动地拥抱小于，用手拍打着他因抽泣而起伏的后背："谢谢你，小于，男儿有泪不轻弹，咱们不哭。你为一公司争得了荣誉，这个奖杯要放在咱们工作室里，让更多人看到。我已经设计了一座玻璃展柜，专门展示员工荣誉。走，我带你亲自放进去。"

来到成卫东劳模创新工作室，门口醒目处赫然放着一把奥运火炬，小于兴奋地拿了起来，摸了又摸："成队，这是您当奥运火炬手时传递的那把火炬吗？"

成卫东（中）在天津港集团公司导师带徒启动仪式现场

“对，就是那把火炬，时刻提醒大家发挥顽强、拼搏、进取的竞技精神。小于，你到这边来，把自己的奖杯亲手放进去吧。”小于走到玻璃展柜旁，手握奖杯的手明显开始颤抖：“成队，我给您数着呢，从2015年获得全国劳动模范之后，至今您一共获得了‘天津市五一劳动奖章’‘全国交通运输行业文明职工标兵’‘海河工匠’等28项荣誉了，您一个人就足以凝聚起大家的集体荣誉感，为什么还要摆放我们的呢？”

“你们的每一个进步，对我来说就是最大的‘荣誉’啊。我说过的，一人强不叫强，一个团队强才是真的强。你的这次获奖，是集体荣誉，代表的是整个团队啊，这比我自己获得荣誉更重要！”

小于难以抑制激动的心情，颤颤巍巍地将自己的奖杯放进柜门内，又对着这来之不易的荣誉深深鞠了一躬。这一躬身，成卫东说了一句话，令小于至今难忘：“小于，我向你学习，工匠精神一定是谦卑的，如果不谦卑，我们根本没有缓冲的余地，找到厚积薄发的力量……”正是因为这句话，促进小于更加勤奋忘我地工作，不断取得新的进步，2022年他再次一举夺魁，第二次获得了“孔祥瑞杯”职业技能大赛的冠军！

第十一章 共建『智慧零碳』码头显身手

时代搭建赋能平台，推动产业工人逐步由“工”变成“匠”。

作为天津港集团的重大项目，天津港北疆港区 C 段智能化集装箱码头项目在 2019 年 7 月就确定了初步的建设方案。为了尽快开工，天津港在政府各主管单位的大力支持下，创新多线并行推进模式，于 2019 年 12 月 28 日正式揭开了一项与时间赛跑、与科技比高的堡垒行动序幕。但在 2020 年初，却被新冠疫情打乱了施工节奏，给本就工期紧张的项目带来极大压力。于是，天津港集团在2020年大年初七就组织工程各参建单位通过网络远程的办公形式，加班加点研究已开工的码头标段复工协调及未开工标段招标等工作。复工之后，仅用一周时间就快速完成了复工材料的上报，使得C段项目码头标段在2020年2月25日正式复工。但依然是光有天时与人和，却没有地利。2020年上半年，上海因超长梅雨季节拖慢了岸桥制造的进度。这期间，天津港积极与上海方面协商调整施工调试计划，监造工程师们更是全年“驻扎”在工厂里，保证了设备制造的进度和质量。设备到岸后，他们第一时间开始调试，24小时连轴转工作。时间紧、任务重，能否快速稳定地实现码头交工与岸桥上岸、堆场交工与轨道桥上岸入场、远控室搭建与临时调试网络环境建立、设备自动控制系统与码头生产系统部署的无缝衔接，直接关系着整个项目的成败。在这种巨大的工作压力下，拼搏奋进的天津港人，盯紧每一个环节的任务，马不停蹄、争分夺秒地工作，以惊人的速度向世界诠释了想干事、能干事、干成事的决心。

成卫东参与了这个项目的自动充电装置建设，接到任务后，他语重心长地对队友们说：“传统自动化集装箱码头的建设需要三年到五年的时间，但天津港这个‘智慧零碳’码头的周期却被压缩到了一年零九个月。在没有任何先例可循的条件下，每一个环节的精进，系统需要处理的信息复杂程度都会面临‘指数爆炸’，面对挑战，唯有攻坚。队友们，我们整天说弘扬工匠精神，那什么是工匠精神呢？我认为，那是职业精神、职业道德、职业能力和职业品质的集中体现，它与‘精卫填海’精神的敬业、精益、专注、创新有着异曲同工之处。现在就是我们以技术

成卫东调试 ART

报效企业、报效国家，弘扬工匠精神的时刻。从今天起，为了不受新冠疫情影响，我带头搬到公司住，带领大家做好自动充电枪的布置工作，其他人可以根据家里的情况轮流驻厂。”

“成队，我们是一个团结奋进的集体，一荣俱荣、一损俱损，要干咱们就一起干吧，我们也搬到公司来。”

“是啊，成队，2020年伊始，您为了让大家多一些轮岗轮休的机会，已经主动请缨加入公司的突击队，以实际行动践行了初心和使命。现在这么重要的任务，我们理应为您为公司多分担一些，也到了我们践行使命的时候了，要搬就一起搬！”

大家七嘴八舌，都纷纷请缨驻厂。成卫东激动得红着眼圈说：“我们这个队伍，有的家里孩子小，有的老人身体不好，加之疫情反复，我真怕影响你们啊。”

“成队，谁不是上有老下有小的，要论不容易，您比谁都不容易啊。您刚才也说了，这正是报效企业的好时候，您能克服困难，我们也一定能，您就给我们一次机会吧！”

过了一天，成卫东拿着行李到厂时，发现厂房已经早早铺满了队友们的地铺。成卫东内心最柔软的部分一下子被触动了，他关切地询问一位年轻员工：“小赵，你不是这个月要结婚吗？怎么也搬来了？”

小赵努努嘴：“成队，我们的婚礼延期啦，等C段建设完、堡垒行动结束了再定日期。”

成卫东使劲拍拍小赵的肩膀：“你还有什么需求要我去做吗，尽管开口啊。”

“成队，我就是想……我结婚的时候，您给我当证婚人……”小赵的回答，逗得其他队友大声哄笑起来，成卫东摆摆手，制止大家发笑：“我很荣幸，一定给你当证婚人，包个大红包。”

“成队，我不要大红包，您给我当证婚人就好，我媳妇最崇拜的人就是您，一定要我跟您好好学习。”话音刚落，又是一阵大笑……

就是在这样既团结又紧张的环境中，成卫东带领着队友们展开了一次史无前例的集体大奋战。迎难赶上，承压必上。成卫东倡导大家要拿出对梦想百分之百的专注执着，挑起突破极限的重担，全身心投入工作中，一干就是大半年。

有一天，成卫东看到一位队友忙完工作后，正坐在一个角落里唉声叹气，就上前了解情况。原来，这名队友答应要回家一天陪五岁的女儿过生日，却因为那天的任务紧急，没能如约回家，他的女儿为此很失望，在视频电话里向他哭诉，说爸爸骗了她。队友心里非常难受，见成卫东来开解自己，突然想到了一个安抚女儿的好办法，他打开视频电话对着女儿说：“爸爸没有骗你，爸爸在和成大大加班啊，你看，成大大就在身边……成大大可是全国劳

成卫东检查 ART 电气线路

动模范，你不会想让爸爸在劳模面前当逃兵吧……”队友将手机递给成卫东，只见一个脸上挂着泪痕，委屈巴巴的小女孩的脸占据了整个手机屏幕：“成大大，我爸爸在撒谎吗？”

成卫东的心里像打翻了五味瓶，同样作为父亲，他太了解这种感受了，自己的儿子又何曾不是这样呢？成卫东的嗓子因为工作说话太多、喝水太少，而略带沙哑：“宝贝，我和你爸爸在单位加班呢，他没有撒谎。我们要为建设‘智慧零碳’码头做一项非常重要的辅助工作。你爸爸非常努力，也非常勇敢，你要理解呦。成大大向你保证，过两天就让爸爸回家陪你，为你补一个生日好不好？”女孩儿听后豁然开朗：“成大大，我不想让爸爸当逃兵，我也想让爸爸当劳模，等完成了工作，你要记得让我爸爸回家哦！”

“好孩子，我一定记着让你爸爸回家……”放下手机，成卫东和这名队友紧紧抱在了一起，他们什么也不想说，疲倦、感动、欣慰一股脑儿堵在嗓子眼，可就是说不出来。良久，还是队友先开了口：“成队，今天不要熬那么晚了，早点休息吧，总这么熬着，身体吃不消啊。”

“我没事，你们要好好保重身体，家里亲人还眼巴巴等着呢……”

那一夜，成卫东照旧没有休息好，由于他们的工作需要从码头实际作业的需求出发，与一线操作人员协同攻关，他们要继续在工作群内沟通，精细每一个操作、每一套环节、每一个指令。沟通结束后，他还要铺开图纸，做进一步研究。等这些都做完，已经凌晨两三点钟了，一天的工作至此才正式结束，不过这对成卫东来说已是家常便饭。

成卫东这支铁军队伍终于以惊人的意志力圆满完成了任务——在场布置了 3 台自动充电枪，充电枪使用插枪式，可接指令自动出枪和收枪。机柜容量 420kW，最大充电电流可输出 500A，满足 ART 快充的要求，从 0 到 100% 充满一台 ART 仅需一小时；充电采用侧方式充电，ART 接指令到自动充电桩后可自动上报到达，充电桩自动出枪进行充电，当电量充满后充电桩可自动收枪；而且自动充电系统为实时监控 ART 电量，创新采用了智能化算法，保证了 92 台 ART 轮换充电，一举促进生产使用无后顾之忧，有力推进了设备安装调试和作业工况模拟，查验效率有望进一步提升 25%。

也许所有天津港人早已习惯了企业诞生的种种“奇迹”

和创举，但是一个个灵感创意的迸发、一项项纪录成绩的涌现，背后更多是坚如磐石的信念、坚毅如钢的品质、坚定如一的坚持。在2021年1月17日，天津港北疆港区C段智能化集装箱码头项目仅用2个月时间实现了1#泊位的联调联试。2021年10月15日，码头获得港口经营许可证，同年10月17日正式投产运营。自此，全球首个自主研发、真正基于AI的“智能水平运输管理系统”启用，创新打造了全新一代港口智慧大脑；全球首个实现车路协同超L4级无人驾驶，在港口规模化商用落地；全球首个实现了真正意义上“5G+北斗”融合创新的全天候、全工况、全场景泛在智能；全球首个实现了绿电自发自用、自给自足，码头运营全过程零碳排放！一个绿色、零碳、节能的码头诞生了，成卫东如此真实地触摸到了儿时梦想，幸福感笼罩着他的全身，他兴冲冲买了两个大蛋糕，一个给了那个盼着队友回家的五岁小女孩，另一个给了自己的儿子成泽铭。他想告诉儿子：码头无人作业，很快就会实现了。

就在成卫东兴高采烈地带着儿子参加小赵的婚礼，做着证婚人的时刻，却接到了母亲的电话——妻子方学芳因为这段时间以来既忙工作又照顾家里，精神上长期处于紧绷状态，突然晕倒了。成卫东的心仿佛一下子从天堂跌入了地狱，耳边的敬酒声、祝贺声、欢笑声全都听不见了，脑子里一片空白。要不是儿子在身边扶了他一把，他差点儿就从座位上栽了下去。成卫东太清楚了，从上学到结婚，再到现在，如果没有妻子的支持和鼓励，那么他是不会放手一搏，不惧工作中的任何困难，成为产业工人的先进代表的。就像那歌词唱的——“军功章啊，有我的一半也有你的一半。”每次遇到难题，成卫东总是第一个征询妻子的意见，而妻子也总是识大体顾大局，给予他无限的鼓舞，从来没有因为成卫东常年不顾家而埋怨过一句。

成卫东父子俩赶到医院时，正赶上妻子方学芳醒来执意闹着要回家，成母哀求儿媳妇住院观察两天，好让家人都放心，方学芳却固执地说：“妈，我就是低血糖，不会有大事的，天津港现在的情况离不开卫东，我不在家，泽铭就不会好好写作业，我怎么能安心住院呢？”

这时，站在门口的成泽铭立即扑到妈妈方学芳的怀里，哭着说：“妈妈，您在这里住两天吧，我一定好好写作业，绝不让爷爷奶奶操心，我长大了，是个男子汉了，会自己照顾自己的，我都学会做饭了……”方学芳摸着儿子的头，又心疼地看着满脸焦虑的成卫东，叹了一口气：“妈妈跟你说过多少次了，不要乱动煤气和电源，有危险，你就是不听。”成卫东定了定神儿，故作轻松地坐在妻子的身边，理顺妻子略显凌乱的头发：“学芳，你放心吧，咱儿子和大哥家的侄子早就会做饭了，做天津港的子弟，动手能力会差吗？这是一项生活技能。儿子之前就跟我说了，将来要掌握更多技能，实现港口全流程无人自动化作业，他这个目标马上就要提前实现了呢。”成卫东转过身对着儿子说，“泽铭，不要小看天津港现在的科技实力，你辈任重道远，不小心就被淘汰了。所以要你好好读书，你要是门门功课都得第一，你妈妈立刻就精神抖擞了……”一句话逗得儿子破涕为笑：“妈妈，我再也不嫌您唠叨了，现在就回去做作业，您安心住着，别着急回家，让我爸爸也放心啊。”方学芳依然不放心：“就你那多动症，坐不住十分钟……”

“妈妈，您又来了，我这就回去，让奶奶盯着我做作业好不好，让爸爸陪着您吧……”

“你这个小话痨，赶紧回家吧。”成卫东安排母亲和儿子回家，自己留下陪着妻子。

方学芳用手指轻轻划过丈夫的两鬓，发现了白头发，心疼地说：“你又黑又瘦，这段时间苍老了。现在没有人，别挺着了，想说什么就说出来，想哭就哭出来，说完了哭完了，我们就回家去……”成卫东心酸地将自己的脸贴在妻子的脸上，泪珠像断了线的珍珠一颗一颗滚落下来，自责地说：“学芳，这些年，你不仅要干好自己的工作，还几乎承担了对儿子的全部教育和培养任务，你为这个家付出了太多，我实在是对不起你，如果你有什么想法，我不

成卫东正在工作

会埋怨你……”

听了这话，方学芳一把推开成卫东，嗔怒地说：“我们相识二十多年，从上学时起，我就支持你、理解你，为了你的进步，我几乎放弃了自己，为的是什么？为的就是有朝一日你能为天津港这个我们共同的‘大家’作出贡献，让我们这个小家越来越稳固，你爱天津港，难道我不爱吗？没想到，你今天和我说这些，我的全部努力都白费了……”越说越激动的方学芳开始抽泣起来。成卫东慌忙为妻子擦眼泪，连声道歉：“我是看你太辛苦了，不忍心你跟着我受罪，才这么说的。你完全懂得我的急火攻心，听说你晕倒，我吓得魂儿都飞了，我们这个家可以没有我，但不能没有你啊……学芳，请你相信我，将来我一定会好好弥补你……”

“那就等到退休吧。现在‘智慧零碳’码头在天津港投产运营，必将引领世界智慧港口、绿色港口建设新的高度，你只会越来越忙的。卫东，这是你的价值所在，请你一定要好好把握这个机会，不要过多操心家里的事，也不要自责难过，你还年轻，正是干事业的时候，千万不要荒废。我们以后有的是享福的日子……”

“学芳，你真傻，别人都是劝丈夫多陪着自己的。”

“你也真傻，也算见多识广了，听说我晕倒就吓成那样啊，真没出息……”

成卫东夫妻二人互相擦着眼泪，哭一阵儿又笑一阵儿，用泪水和微笑编织着对未来的憧憬！

第十二章 匠心圆梦，再赴新征程

谈话间，成卫东再次望向远方，露出果敢的神情："我国正处在从'科技大国'向'科技强国'迈进的关键阶段。可以说，发展新质生产力深化了工匠精神的时代内涵。我们产业工人当前面临着重大的转型——要从技能的践行者转为智能设备的操作者和研究者。"笔者为他时刻准备奔赴新征程的眼界所叹服："那就把这重大的转型挑战转化为机遇吧。"他肯定地点点头，继续踏上他的圆梦之旅……

当全球首个“智慧零碳”码头在天津港正式投产运营时，吸引了全世界的目光。这其中，最引人注意的就是智能水平运输机器人。面对这个机器人，天津港集团交给了成卫东一项特殊的任务——给机器人当“师父”。

集团公司领导找到成卫东，难以掩饰脸上的喜悦之情：“卫东啊，伴随着天津港世界一流绿色智慧枢纽港口建设的不断加快，你施展拳脚的舞台越来越广阔了。这智能水平运输机器人，可是咱们天津港‘智慧零碳’码头众多高科技的集中体现，这是人的经验技能和智慧科技深度融合，等于铺就了一条科技创新发展的新路子啊。你不是一直致力于技术改造革新吗，这个任务你敢不敢接？”成卫东激动地握住领导的手，觉得自己太幸运了：“太好了，这就是我小时候的梦想啊，十几个人操控的智能系统，能轻松指挥百余台无人驾驶大型机械设备同时作业，等于劳动力解放了呀，智能时代太伟大了。领导，我很荣幸做这项工作。未来，我们一定能让这些先进的无人化机械设备在天津港智慧港口建设中发挥更大效能，为更好地服务京津冀协同发展和共建‘一带一路’贡献力量。”

“憧憬是美好的，但是你先别高兴得太早，给机器人当‘师父’可不是那么容易的。这些机器人啊，能够

成卫东在港口作业区留影

自动实现厘米级精准定位，不知疲倦地保持全天候最佳状态作业，天赋可高着呢，就怕你这个‘师父’最先吃不消……”

“领导，您放心吧，我工作的这二十多年，充分见证了咱们中国的科技创新发展，刚参加工作那会儿，我们开的还都是国外产的拖车呢，您看这几年，主力车型都是我们国家自主研发生产的，现在连我的徒弟都能适应各种车型了。您要对‘中国制造’和‘天津港产业工人’抱有信心啊，我保证完成任务！”

领导再次欣慰地拍拍成卫东的肩膀：“就等着你这句话了，要记住，智能化的目的是解放人、激活人，而非取代人……好好干吧！”

2021年2月24日，成卫东受聘为全国港口行业首批AI训练师，任务之一就是给机器人当“师父”。尽管这些机器人“徒弟”的天赋很高，但在成卫东的眼中它们还是缺少了点“灵气”，比如，机器人到了码头货场，对于什么时候该减速，什么时候该变道，如何选择最佳的行车路线，依然是门外汉。

这没有难倒成卫东，反而让他充满斗志，他心想：我从工作实践中总结出的拖车操作法这下可有了用武之地。

但成卫东很快就发现了教机器人与教人有着本质上的区别。比如，他把拖车操作的40多个动作要素提供给程序员后，由程序员经过翻译写成指令、编入程序，传输给机器人操作，这个环节并不轻松。尽管这些机器人“徒弟”一学就会，但是要达到操作精确无误，还要经过多次的试验和反复修改程序。那段时间，成卫东除了能够保障短暂的睡眠，就连吃饭都要抱着笔记本反复研究，不断纠正偏差，哪个位置容易开裂，哪个部件容易发生故障，都会让他夜不能寐、食不知味。

2021年，新冠疫情反反复复，为了尽快完成工作，成卫东忙得太晚了就干脆住在单位。队友发现他熬红的双眼后，就心疼地说：“成队要注意身体啊，别太拼了。”

“没有关系的，这个工作需要很大的配合度，我只是给AI运输机器人提供基础数据，主要是程序员太辛苦了。但想到成功之后，我们会解放大部分人力，我的心情就会无比激动，一切都值得！”

经过成卫东一遍遍耐心地教导“徒弟”如何更快转弯、更好选择路线，这些智能水平运输机器人的操作终于达到了规范标准。整个过程，从设计研发到生产都在天津港内完成，这也极大激发了天津港产业工人不断学习新知识，掌握新本领的决心，从而更加专注地投入工作。天津港就这样在智能港口的助力与加持下，2021 年完成的货物吞吐量、收入、利润总额和净利润均同比实现了大幅增长；2022 年 1 月 7 日，又迎来了“新隆运 86”首条外贸船舶靠泊作业，以惊人的速度向世界诠释了想干事、能干事、干成事的决心与成果……

成卫东看到这些傲人的成绩后，立即召集劳模创新工

成卫东深夜加班攻克技术难关

作室的骨干成员召开了一次会议，自豪而深情地说：“紧握住每一次机会，对目标100%的专一坚持，才能赢得‘发展竞速’的主动，我认为这就是‘精卫填海’精神的诠释啊。特别是近年来，天津港直面制约当前自动化集装箱码头推广应用的难点、痛点，大胆走独立自主的自动化码头升级道路。在开创最大规模无人驾驶电动集卡车队规模化运行、集装箱地面智能加解锁站投入使用、传统集装

成卫东（右一）与同事在一起工作

箱码头全流程自动化升级改造等多个‘全球第一’后，再次开展革命性突破，升级自动化码头2.0方案，推出了‘智慧零碳’码头理念，为全球集装箱码头转型升级打开了广阔前景……我们作为亲身参与‘智慧零碳’码头建设、参与智能水平运输机器人程序输出工作的产业工人，更应该感到无上的责任与荣耀，这意味着智慧港口、绿色港口将以全新模式成为世界港口智能化升级和低碳发展的中国化范例，也为我们找到了一条把人的经验技能和智慧科技深度融合的科技创新之路。所以从今天起，我们要练好两套内功：一套是练好人工技能的内功，进一步苦练技术；另一套是练好人工智能的内功，用高超的技能输出智能，进一步将标准化方法输入给智能机器人，最终实现生产效率和效益的双提高。这两者之间是相辅相成的，也是衡量我们现代产业工人的一个重要标尺。我们绝对不能因为有机器设备了，就不去练习开车、不去学习技能了，要是没有过硬的技术，怎么指导机器人、维护机器人呢？”

“成队，您说的没错。现在企业正处于转型发展阶段，对新时代产业工人的技术能力也提出了更高要求，练好这两套内功十分重要！”

“是啊，成队，您多年如一日，把工匠精神注入操作研究，呕心沥血练就了一身过硬本领，不断带领大家伙将创新思想变为成果，创造了一百多项技改技革、千万元效益的奇迹，这充分印证了技能和智能两套内功的必然联系，一个是老子、一个是儿子的关系……”

“哈哈哈……”大家讨论着就哄堂大笑起来。

成卫东笑着摆摆手：“这个比喻很有趣啊，但你们有没有想过，老子要是不强大，儿子可是要吃瘪的。”他顿了顿，认真环顾着大家百思不解的脸，继续说道：“虽然现在我们的远程操控司机能同时操作6台设备，让这些机器人依靠5G、北斗等自主技术，安全高效地完成运输任务，作业效率已经翻了好几倍，但是为了满足未来的发展，这些机器人更需要维护，更需要升级换代啊。如果我们只盯着智能化操控，不钻研新的技术，将来岂不是很被动？机器人会永远听我们的指令吗？我们自身技能不强，它们随时都可能‘叛变’，所以这个比喻也不是很恰当啊。当务之急，我们应该进一步发挥好劳模创新工作室的作用，以练好两套内功为核心，为公司全面深化改革、助力发展提供全方位的智力支持和技术保障……”

成卫东的观点得到充分认可，大家一致认为：练好两套内功的前提，必须要匠心筑梦、传承技艺，激励每一个人从思想深处接受天津港的发展理念，认同天津港的企业价值观，心甘情愿学技能，为企业发光发热。成卫东坚信思想不打牢，一切都徒劳。他紧紧抓住集团当时开展“学港史促进学党史”活动这一契机，在之前收集天津港感人故事，开展文化宣讲的基础上，进一步提升大家的视野和精神境界，广泛发动收集天津港老员工收藏的港口珍贵史料，在劳模创新工作室内进行布展，结合天津港港史对员工进行宣传教育。同时还比预期增加了一项内容——组织

成卫东（中）与学生们在一起交流

开展天津港历届劳模成就展，通过历届劳动模范在天津港建设中发挥的巨大作用，进一步增强广大员工爱岗敬业、无私奉献的精神，一举将成卫东劳模创新工作室打造成为天津港独具特色的党建阵地和企业文化展示阵地。这等于也圆了成卫东当初组建劳模创新工作室时的一个心愿，他想起当年领导告诉他要成立劳模创新工作室时，他兴奋地向领导保证："那个地方够宽敞，除了学习切磋技术，还可以建立一个党建阵地和企业文化展示阵地，激励员工爱企爱岗，建功立业……"想着想着，他嘴角上扬，幸福地笑了。

2022 年，成卫东带领劳模创新工作室成员开展各类技能培训、技术交流 30 余次，开展技术创新 15 项。特别是在深入开展"迎盛会、铸忠诚、强担当、创业绩"主题学习宣传教育实践活动中，充分发挥了工作室的平台支点作用，开展各类宣讲 20 余场，接待各类参观 50 余次，受教育人数达到了 1500 余人，有效激发了广大员工听党话、跟党走、干事创业的热情，为智慧港口建设作出了积极的贡献。

员工越是了解天津港的历史和文化，越是认同天津港的核心价值观，大家把这些精神食粮自觉转化成为练好两套内功的强大动力——使人工技能持续提高，成卫东劳模创新工作室签订师徒协议 20 份、培养高技能人才 10 人，2022 年在天津港集团公司第十八届“孔祥瑞杯”技能大赛上，培养出来的员工包揽了拖车组、吊车组全部奖项，12 人获奖，收获了妥妥的大满贯；使人工智能持续提高，成卫东和技术人员用好一切可以利用的时间，进一步研究技术，重点解决了智能水平运输机器人在作业中自动充电、自动避让、自动停靠等瓶颈问题，提升了机器人自主学习、深度学习的能力，使现场作业效率大幅提高，当前，智能水平运输机器人已实现 L4 级无人驾驶，在全世界都是首屈一指的。

当成卫东与其他几名核心队友站在“智慧零碳”码头的七彩廊道上，看着近百台智能水平运输机器人往来于码头和货场之间，有序高效地进行着全球最高水平的无人自动化操作场景时，他们心潮澎湃，仿佛自己已被智能时代的一股大浪举上了云端，可以随时俯瞰蔚蓝辽阔的大海……

成卫东无疑是知识型产业工人的表率，无愧于新时代的“津港工匠”，但他同时也是一位感情丰富、有责任心的儿子、父亲和丈夫，事业上的成功并没有减弱他对家人

成卫东（右二）为徒弟们讲解港航领域前沿科技发展趋势

成卫东近照

的愧疚之情，这种感情随着年龄的增长，越来越浓厚。每次提到自己的家人，他都要红着脸低下头，他不知道该怎么表达，只能说出“对不起”，家人就是他最大的软肋啊。

2022 年，父亲感染新冠肺炎病毒，并诱发其他病症，住进了医院。当时，天津港集团正全力以赴保障港口防疫和生产不间断，保障国际产业链供应链畅通。像成卫东这样的基层一线党员冲锋在前，知重负重、担难担险，让天津港的发展建设始终没有受到疫情的影响，呈现了一派热火朝天的干事创业景象。

为了不耽误工作，成卫东在发现一公司出现第一例“小阳人”后，就和妻子商量搬到单位里住，同时也可以保障老人和孩子的安全。那天，他正坐在办公桌前，电话安慰着几名被感染的队友，话刚说到一半，就接到父亲身体危急的消息。妻子方学芳的声音带着哭腔：“卫东，你快回来看看吧。一开始，咱爸死活不去医院，最后连呼吸都有些困难了，我们不敢迟疑，直接送到医院，到了医院才知道，连楼道里都塞满了病床，连站脚的地方都难找了，这可怎么办啊……”

“什么？我这个当儿子、当丈夫的，总是最后一个被通知？”成卫东有些急火攻心，既心疼又生气，声音也高了八度，开始埋怨妻子。

方学芳被丈夫的怒吼吓了一跳，一时竟不知道该说些什么，旁边的老母亲赶紧为儿媳妇解围，抢过电话说道：“你爸爸的脾气，你又不是不知道。你大哥一家正‘阳’着呢，要不是学芳跟我们在一个屋檐下住着，她也不会知道的。我们这是为了谁啊，不就是怕分你的心。你在公司吃不好、睡不好，人都累瘦了一大圈，我们娘儿仨怎么也能照顾你爸爸一个人呀。但是现在医院里没有病房了，只好给你电话想想办法。你可不能埋怨学芳啊，主要是我不让她告诉你的。”

“糊涂啊妈妈，万一爸爸有什么闪失，你们两个女人怎么可以啊！”

“爸爸，还有我呢，我是个男子汉了，我可以的。”电话旁边传来了儿子成泽铭的声音。

成卫东急得心跳骤然加快，顾不上和母亲、儿子多说话，甩下一句：“你们等着我，我马上就赶到。”说完就一路小跑着找到了一公司领导请假。领导安慰他的话，成卫东已经听不见了，那一刻他的心中被无限的自责感、焦虑感笼罩着。

当成卫东忧心忡忡赶到医院大门口时，恰巧碰见了全副武装的大哥也心急火燎地赶来，他连忙关切地询问哥哥：“哥，有段时日没有见到你了，现在身体还没有康复吧，何必作践自己啊……”大哥眼睛红红的，声音沙哑地说道：“咱爸岁数不小了，症候这么重，你让我在家里怎么待得住啊……你平时又那么忙，单位更需要你，我也不想把你累垮了……”此时的两兄弟多想抱在一起相互安慰，但理智让他们始终保持一米开外的距离，因为他们的家里太缺人手了，任何一个人倒下，都等于这个家少了一根支柱。

好在父亲经过抢救，有惊无险，最终被安排在楼道旁的一个角落里输液观察。成卫东寸步不离地守护着父亲，想弥补自己多年来对父亲的愧疚之情。身边来来往往的人，让他无法安静下来陪父亲说说话，但看到父亲的气色一天天好起来，他的心情也逐渐敞亮起来。父亲望着成卫东消瘦了足有 20 斤的身形，于心不忍道："你怎么还在这儿，不是说好了今天让你妈来吗？单位还有那么多事等着你呢。"

"爸爸，就让我陪陪您吧，咱爷俩难得在一起这么久，只有亲眼看着您好起来，我心里才踏实。"

"不行，你是天津港的劳动模范、优秀共产党员，现在应该是冲锋陷阵的时候，总是在医院陪着我干什么？再说我的身体已经没事了，只有你在岗位上，我的心里才踏实呢。"

就这样，成卫东被父亲逼着又回到了单位，继续奋战。他觉得自己这一次回来，像是经历了一场重生，因为父亲在高烧不退时，口中一直念叨着："弟兄们，加油干啊。"母亲说那是在说胡话，成卫东却听懂了——父亲分明

成卫东（左二）在人大代表联络站征求员工意见建议

是又回到了那个曾经手拉肩扛、劳动号子震天响的天津港码头，回到了他的青春岁月啊……成卫东带着以父亲为代表的上一代天津港人的希望，再次回到了圆梦的地方，他仿佛看见无数只精卫鸟向他飞来，越飞越近……

爱港口，就要先爱港口人。成卫东从父亲的身上挖掘出天津港人很多种优秀的品质，如执着、忠诚、专注、坚韧等，他和一公司的员工们曾多次总结过，但总感觉无法说尽，还欠缺一些火候。如今，他越来越爱天津港人了，觉得“精卫”之所以执着，也是因为爱得深沉、爱得无私无畏。他决定要更深层次地融入天津港港口工人，更精心专注地帮助他们。无论工作再忙，成卫东也总能挤出时间深入港口工人中交流谈心，主动公开自己的联系方式，随时随地解决员工们反映的各类难题。正是这种想在前、干在前，工作业绩突出且时刻关心港口工人的行为，让成卫东有机会成为天津市人大代表。成卫东曾先后参与多项法规条例的审议工作，提出了许多科学合理的意见和建议，尤其是在审议《天津市推进北方国际航运枢纽建设条例（草案）》时，他结合本行业领域，提出了加快港产城融合发展、促进区域港口协同发展、推动构建世界级港口群的建议，为天津港乃至天津市办了一件大好事大实事。因表现突出，2023 年成卫东光荣当选为全国人大代表。他将进一步加强新时代产业工人队伍建设、在构建技术创新体系中更好发挥基层产业工人作用等建议带到了北京人民大会堂。一名来自基层一线的产业工人，能够作为全国人大代表共商国是，这不仅是一份崇高的荣誉，更是一份厚重的责任！

好事成双，2023 年，成卫东站在了梦想的舞台——全国总工会 2022 年“大国工匠年度人物”颁奖现场。“大国工匠年度人物”，是他的“荣誉簿”上，继获得“全国劳动模范”“中国质量工匠”“全国技术能手”“全国最美青工”“全国青年岗位能手”“全国交通运输系统劳动模范”“感动交通年度人物”“最美港航人”“天津市劳动模范”“天津市优秀共产党员”“天津市第三届敬业奉献道德模范”“天津市首届海河工匠”“天津市第五届工人发明家”等荣誉称号后，新增的浓墨重彩的一笔。从一名码头工人到“全国劳动模范”“大国工匠年度人物”“全国人大代表”，这样的人生蜕变是成卫东“择一事终一生”取得的卓越成就。

成卫东的精神就是“精卫填海精神”的化身，而且他深信自己只是天津乃至全国众多产业工人中的一个。在他奋斗的天津港这片沃土上，人们欣喜地看到：天津港正以

成卫东在2022年“大国工匠年度人物”颁奖典礼录制现场留影

成卫东参加第十四届全国人民代表大会留影

成卫东

“智”变创“质”变，以绿色促低碳，让一个屹立于渤海之滨的百年大港，国际影响力不断提升，港口辐射能力持续增强。那么，为什么在推动新质生产力发展的今天更需要工匠精神？答案就在成卫东身上——追求卓越品质、追求技艺传承与创新、促进产业发展。成卫东追逐梦想的远征不会就此停止，就像对渤海上空那些永不疲倦的精卫鸟来说，它们只是从一个圆梦的起点，步入了又一个圆梦的地方，去守护那艘再度远航的巨轮，驶向深蓝……

后记

作为一名走访过多家国有企业，并曾担纲撰写地方志文献实业卷的写作者，我能深刻地体会到，天津市这座百年工业之城的每一步发展，都离不开产业工人的踔厉奋发与牺牲奉献。

在被确定采写天津港第一港埠有限公司拖头队副队长成卫东的任务后，我既欣喜又愧疚。欣喜的是，记录新时代、书写新时代、讴歌新时代，宣传产业工人的先进事迹，能够激励和鼓舞更多人特别是年轻人走技能成才、劳动报国之路，这正是一名工人作家应该肩负的责任和使命，正是我们所要弘扬大国工匠的意义所在。愧疚的是，我并不是一名合适的劳动实践者。2013 年，我怀揣着入职天津港集团的梦想与激情，写下了一首名为《向海》的诗歌：

我来了。未把漂泊的宿命
虚无地昭示于天空
而是沿着通往滨海的列车
绘一条梦的坐标
扎实地献给泥土

向海。我狭隘的心胸飞向它的包容
枯萎的灵魂赶赴它的鲜活
生命中一切情愫正临摹海的博大
成就一首壮丽诗篇

多么非凡。港口孕育的人民
贫瘠博弈的历史
都在一个沉睡的渔村用海的力量启航
从硝烟中衰败的帝国
走向“第三个发展极”强健的共和
再以龙的雄姿热舞津沽，沸腾渤海
教会海浪用天津方言
为青春的祖国谱写一曲颂歌

我决不做候鸟，路过你的领空
只用啾啾鸣唱阅读你
一个诗中的精灵
我要做一粒种子
扎根你 2270 平方公里的土壤
收获一个从河海延展 70 公里抵达港湾
活色生香的图腾

我要告诉我平凡的出身和高贵的未来
告诉身份证里那些断层的年轮
工作证里虚度的光阴
我丢失已久的灵气和热情
定回到我的身体
在一浪高过一浪的生活中
读出海的宣言
……

然而，因为体弱多病的老母亲，加之上班路途的辗转周折，又或是挑战困难的意志不够坚强，“漂泊”的宿命，最终让我放弃了曾经奋斗过的工作岗位，调到离家较近的另外一家国企；让“我决不做候鸟”的宣告变为空谈，成了天津港一名遗憾的“逃兵”。这些年来，这始终是萦绕在我心头的痛。那天，从市区赶往天津港第一港埠有限公司的路途中，新鲜与陌生的感觉夹杂，激越与失落的心情交织，既然没能与天津港的工友们一直工作战斗在一起，那就做一名工匠精神的信仰者、弘扬者吧！成卫东的一声“欢迎回家”，打消了我心中的所有纠结。

只见站在公司门口迎接的成卫东，依旧身穿天津港标志性蓝色工服，露出和十年前相仿的笑容，唯一改变的是，他已从一名青涩拘谨、不善言谈的青年人，变成了成熟稳重、热情洋溢的中年人。这十年间港城融合的巨大变迁，展示了他，拓展了他。他更是以一颗报国报企之心，将自己毫无保留地投入时代更迭与发展的洪潮中，成为天津港乃至全国万千产业工人的杰出代表。

见面没有更多寒暄，成卫东开门见山：“还要不要参观？这里你都来过的。”

“当然要，渤海湾的浪潮都大不过港口的发展，‘港＋产＋城’的时代组合，将擘画出怎样的未来呢？我要立体的画面感，不仅要认识过去的成卫东，更要认识现在的成卫东……"

成卫东笑了笑："我只是企业的一员，代表不了企业，自己还是老样子啊……"

第一次采访和参观整整用了一天时间，成卫东说出的每一个字，都显露出一个大写的"天津港"——我的领导、我的师父、我的父辈们、我的工友们……虽然他在自己的叙述里显得那么微不足道，如同一朵小小浪花，而他展示出的梦想却如大海般磅礴，我的脑海里立即浮现出八个字——"匠心扬帆，逐梦深蓝"。随即我又予以否定，因为从采访记录和要带回去的宣传资料上看，内容虽然不少，但重复居多，欠缺一个完整的时间轴线和企业发展链条，我向他索要了近十年的工作总结和发言材料，却依然没有理出一根"线"。

就在快要离开时，之前的一位老同事听说我来了，一定让我等等他。没想到，他风尘仆仆赶过来只为送给我一只绿色的水杯，那明快的颜色饱含着建设世界一流智慧绿色枢纽港口的希望和寓意，上面还标注着企业标识和"天津新港重新开港70周年——1952至2022"字样。老同事说："留个纪念吧，你第一次来到天津港时正值60周年，我记得很清楚，那时你参观港口博物馆兴奋地说，天津港精神就是‘精卫填海精神’的集中体现，集爱、美、坚毅于一身……希望你莫忘初心，工作顺利，没事常回来看看……”我的眼泪瞬间夺眶而出！我错过了一个多么好的单位，一群多么懂得爱与奉献和感恩的同事们。

回到家，望着那只精美的杯子，我却无从下笔。一代代天津港人以无穷的智慧和勤劳的双手，将沧海变成桑田，这怎样在一个人身上集中体现？一步一个脚印踏实前行，一点一滴做好技术创新和优化管理工作，这放在全国任何一位劳模身上都是可行的。成卫东的特点究竟在哪里呢？直到“大国工匠人物传”丛书项目组的工作人员告知，要撰写的题目已拟定为《成卫东：给机器人当“师父”》时，我才豁然开朗。以时代为引领、以企业发展为背景、以独有的地域文化为依托，这不就是成卫东成长的土壤吗？大国工匠就要有大的责任、大的担当和大的作为，“大”中自有这些人物的“大同”，却也必然蕴含着只属于他们的“小异”，这与他们所从事的行业关系并不太大。天津港立足时代所需，聚焦国家产业工人队伍建设的改革重点任务，通过思想引领、素质提升、培养家园情怀、提高待遇等制度创新和落实赋能，加快建设一流产业工人队伍，努力推动“产改”向纵深发展，最终落脚在

“用人工技能赋能人工智能”的高质量发展上，体现在一个具有津港气韵的人物行为张力上，以此凝聚社会正气，焕发创造活力，塑造工匠精神，这便是我当时所理解的写作中的“大”中蕴“小”、“小”中见“大”。

为此，通过电话、见面等方式，我多次拜访了成卫东的领导、同事、徒弟，从他们的口中找寻更加全面的成卫东，以及我所缺失的那段青春见证。我尽可能收集了各路媒体对天津港历年发展的有关报道。即便如此，在有些时间段上的事件描述和提法依然存在错漏，所幸得到了天津港集团领导的认真审核、逐一纠正。一个在“以港兴产、以港兴城，以产带港、以产促城，以城育港、以城聚人”的发展脉络下成长起来的成卫东，由此才终得呈现。但比起百年工业换新颜的新时代天津人之底蕴内涵，以及在奋进中走来具备厚重企业文化的天津港，那只是一种呈现，远远谈不上挖掘。

《山海经》中有过交代，精卫本是炎帝的女儿，到东海游玩时被大海吞灭后化作神鸟。它日复一日从山上衔来石子、树枝投进大海，欲将海填平；更有晋代诗人陶渊明赋诗曰：“精卫衔微木，将以填沧海。”以小博大锲而不舍的奋斗精神、吃苦耐劳的宏伟志向都为人们所敬仰。如今，这种精神早已形象化、具象化地融入天津这座沿海城市的发展脉动中，实践在产业工人的日常生产生活中。就像成卫东劳模创新工作室里所陈列的那些靠“手拉肩扛”劳动年代的生产老物件，成了铺就“智慧码头”的一粒石子、一根树枝，相信给机器人当“师父”的成卫东在不远的将来，也绝不会是蓝领工人中的个例，让我们拭目以待。

2024 年 11 月